聯經經典

戴神的女信徒
The Bacchae

尤瑞皮底斯（Euripides）◎原著

胡耀恆、胡宗文◎譯注

國科會經典譯注計畫

導 讀

疊景現詩魂

——《戴神的女信徒》的時代意義

本劇劇名一般譯爲《酒神的女信徒》，如此則既不合劇情，也妨害深入了解劇意。本劇希臘原文爲*The Bacchae*，指的是戴歐尼色斯(Dionysus)的女性信徒。自從公元前三、四世紀以來，尤其是到了羅馬帝國時代，人們就把祂視爲酒神，由一群尋歡做樂的仙女、和行爲浪蕩的撒特(Satyr)伴隨。這種形象，透過浪漫主義的詩人和畫家，一直流傳到現在。這些藝術家並沒有錯，但是他們只掌握到祂眾多屬性中的一個而已。當然，戴神和酒有密切的關係，但是這酒富有宗教的意義。耶穌在最後晚餐時祝聖麵包和酒，說它們代表祂的身體和血，門徒飲用後祂就進入他們體內，和他們同在。戴歐尼色斯的酒具有類似的意義，不應與醇酒婦人混爲一談。

《戴歐尼色斯的眾多面具》(*Masks of Dionysus*)一書中寫

道：「對古代的希臘人；祂是所有人的所有東西，對我們祂仍然如此。毫無疑問，在所有希臘神祇中，祂最為複雜又最多層面。」（Carpenter, 1）為了解釋戴神和本劇多層面的意義，本文以下分為四大部分：一、對本劇做一般性的介紹；二、以劇本為主要依據，探討戴歐尼色斯的神性和祂的教派；三、綜述近三個世紀來對本劇的代表性解讀，它們的共通點主要是將戴歐尼色斯視為象徵，不是神；四、提出拙見，將本劇當成劇作家對一個社會現象的觀察與反思，從而探索這個劇本對我們這個時代的意義。

一、緒論

本劇作家尤瑞皮底斯(Euripides，生卒年代約公元前480-406年)，一生創作了八十多個劇本，現在保留的有十七個。本劇約寫於作者去世的前一、兩年，那時他已經離開人文薈萃，但戰亂頻仍、社會紛亂的雅典，接受國勢日盛、但文化低落的馬其頓的邀請，作為國王的上賓。他死後不久雅典即被迫作城下之盟，隨後的戲劇都是男歡女愛的「新喜劇」。因此，從劇種的變化上看，本劇是一個輝煌時代的壓卷之作；從劇作家的角度看，這是一個多產作者的天鵝之歌。更重要的是：從今天回顧它的歷史，兩千四百多年以來，它一直令人著迷，又一直令人迷惘，一位學者解釋這是因為它的內涵浩瀚無垠，天上人間，無所不包，以致迄今為止，尚無人能說出一番道理，可以全面詮釋它一層又一層的意義。

本劇共有1392行，最先是開場，然後是歌隊的進場歌，

此後分為五場，每場之後有合唱歌，最後是退場。這些場次之間的發展依循著因果關係（causal relationship）：前一事件引起後一事件，環環相扣；場次人物與歌隊之間也凝結成一個整體，互動密切。結果是，本劇的結構是如此正式，以致可以視為希臘悲劇的楷模。在語言上劇作家也一反以前自鑄新詞的傾向，大量使用老舊的辭彙，古色古香。成為強烈對照的是它的故事新奇、感情強烈、中心人物的戴神撲朔迷離，由祂設計的殘殺，千古以來仍然駭人聽聞。亞里斯多德（Aristotle）認為尤瑞皮底斯的戲劇最富悲劇性，本劇可當之無愧。

在開場時，戴神以人的形貌，率領了一部分亞洲信徒來到希臘城邦底比斯的王宮之前。祂聲稱祂母親原是當地公主，一度與化身為人的天帝宙斯相愛，後來她受到妒忌的天后慫恿，要求愛人展現本來面目，結果被宙斯如同雷電的天神原形燒為灰燼。那時她已經懷孕，胚胎為宙斯救出，長大後在中東一帶建立了祂的教派。現在祂回到故鄉，目的在展現祂是一位真神，並且招收信徒，建立自己的新教。在同時，祂還要為母親洗刷名譽，因為祂的姨媽等王宮貴婦，一向污衊她行為不檢，未婚懷孕後，就謊言與天帝有雲雨之情，以致遭到雷殛。為了報復，祂來到希臘後就誘迫她們和其他婦女離開家庭，到郊外上山歌舞狂歡。以上這些俱見之於開場白（1-63行，以下「行」字省略），只是戲劇行動的背景。行動真正的展開，是在國王彭休斯進場以後。他強烈反對國內婦女參加戴神儀式，採取嚴厲鎮壓行動，一場驚心動

魄的衝突於是展開，最後在戴神的操縱之下，彭休斯遭到母親殺害，他的親人遭到戴神放逐，他的王朝也隨著煙消雲散。全劇在神威無限、神意難料聲中結束。

關於本劇中的戴歐尼色斯，西方歷來的觀點一直隨時代而更易，但基本上可以歸爲兩個時期，一是希臘羅馬，二是這時期以後，特別是在十八世紀以後。兩期最大的不同，在前期視戴歐尼色斯爲神，而後期則把祂視爲一種象徵。哈佛大學的韓瑞克（Albert Henrichs）教授寫道：「戴歐尼色斯有一個基本面，我們作爲學術界人士一般都忽視了，那就是：祂的神性（divinity）。」他指出，現代學術注重理念的抽象化或概念化（conceptualization），同時又講求分門別類（compart-mentalization），以致一個多世紀以來，把戴歐尼色斯支解分析，使祂不僅失去神性，而且失去生命。他建議我們用創造戴歐尼色斯的希臘人的眼光，把祂當成一個神。他呼籲：即使我們沒有宗教的虔誠，至少要有文學的想像。

二、本劇的宗教內涵

歷史上以戴歐尼色斯爲信仰的教派，大約在公元前十三世紀以前甚至更早，就從中東地區傳播到了希臘。此後希臘的文學作品中，就不斷講述和祂有關的故事。最早是荷馬在他的史詩《伊里亞得》中，提到一位國王追擊祂以致受到宙斯殺害。不過這裡的故事只有短短十幾行，以後相關的作品與記載幾乎只存名目，資訊極少，有關戴神的傳聞反而以本劇最爲充實。但本劇是文學作品，不能視爲歷史證據。

在尤瑞皮底斯奔放的想像裡，戴神是前面提到的「所有人的所有東西」。祂是神，是人，同時也是獸：劇中提到祂以前曾經是，現在也隨時可以變成一頭牛、一條蛇，或者一隻羊（100、920-922、1018）。祂既是男性，同時也是女性。祂還同時具有其它許多互相排斥、互相矛盾的性質。這種觀察可以遠溯上古，但如今更爲流行。哈佛大學的色果（Charles Segal）教授就利用羅蘭·巴特（Roland Barthes）的理論，指出邏輯的矛盾（logical contradiction）是閱讀快感的基礎，而在本劇中俯拾即是。這種雙重性，戴神對自己的說明最爲關鍵：「祂最爲恐怖，但是對人類也最爲慈祥。」（861）

在劇中，戴神主張祂的生命、身分、與力量來自宙斯，祂也遵守宙斯的法則天條，所以嚴格說來，戴神的新教只是原有宗教衍發出來的一個支派（cult）。像所有的宗教或教派一樣，它有自己的教條（dogma）、奧祕（myth），和儀式（rituals）。這些宗教的要件，歌隊一進場就宣告出來。教條的中心是信徒可以獲得「至福」或「滿福」（beatitude）的經驗（73-78）；奧祕則環繞著戴神如何誕生（87-100）；儀式則見於信徒的服飾、音樂、舞蹈等等。因爲這些要件，祂的信徒至少在兩方面可以獲得精神的滿足：（一）參與宗教儀式，獲得幸福感與歸屬感；（二）與神同在，取得超人的力量。

關於第一方面的滿足，歌隊的進場歌就是一個簡單、酣暢、而且充分的說明：

多麼幸福啊！那個知道神明

盛事的人，他滿懷快樂，

生活純潔，當他在山中

進行著戴神神聖的

淨化儀式之時，又能與

教友們靈意相通。他按照習俗

慶祝偉大地母科比兒的

神祕儀式，侍奉戴神：

揮舞著常春棍杖上上下下，

頭上戴著常春藤冠。（74-82）

　　關於第二方面的所謂與神同在，則意義非常複雜。其一
就是戴神以人的形貌，與信徒一起生活。這種意義的同在貫
串全劇。例如：「在祂的國度裡，祂使教友們一起舞蹈，隨
著笛聲歡笑；止息憂鬱。」（378-380）另一個意義就是戴神進
入信徒體內。在劇中，先知泰瑞西亞斯告訴彭休斯：人類有
兩大福祉，一個是大地女神給予人類的「乾的滋養」，一個
是戴神介紹給人類「葡萄的流液」，可以使喝過的人們「止
歇憂傷」。（274-281）先知接著說：「當我們對神灑祭時，我
們倒出的酒就是酒神自己，所以人類是經由祂而獲得福
祉。」（283-285）

　　藉飲酒迎接戴神進入體內，有如基督教的聖餐（the
Eucharist）。《約翰福音》記載，耶穌說：「吃我肉、喝我血
的人就有永生，在末日我要叫他復活。我的肉真是可吃的，
我的血真是可喝的。吃我肉、喝我血的人常在我裡面，我也

常在他裡面。」《路加福音》記載，耶穌在最後晚餐中賜給
了門徒這個恩典。戴神信徒在儀式中飲酒也可讓戴神進入體
內，不過他們注重的不是來生，而是今生今世。

教徒取得超人的力量的方法之一是使用常春杖（thyrsos,
thyrsus）。它是一根用茴香（fennel）做的長杖，上端挖空，經過
儀式處理，插進常春藤而成。常春仗是神聖的，可以當武器
使用（25、733、762-763、1099），也可以產生奇蹟。例如：
「另一個（信徒）把她的常春杖插到地面，從那裡神為她送上
一座酒泉。」（706-707）在下面，兩位老人尚未正式入教，但
因為他們穿上了信徒的服飾，拿著常春杖，顯然取得了返老
還童的力量：

> 卡德穆斯　　整天整夜，我都能夠用我的
> 　　　　　常春杖觸地，毫不疲倦。如此遺歲忘年，
> 　　　　　歡樂何如！
> 泰瑞西亞斯　你的感受和我一樣！
> 　　　　　我也感到年輕起來，要嘗試跳舞。（187-
> 　　　　　190）

對於已經入教的信徒，她們更是力量驚人，生氣蓬勃，
行為奔放，有時甚至達到瘋癲的程度。戴神的「信徒」或
「教友」的希臘字（maenads）含有瘋狂的意義。在一般的用法
中，一個人如果精神異常興奮緊張，或是到了歇斯底里的程
度，他就可以被稱為maenad。在本劇中，戴神的信徒無論是

追隨祂的亞洲婦女，或是底比斯後的當地婦女，都是名符其實的maedaes。她們瘋狂時的行為，劇中由信使們做了生動的報告。第一次是亞格伊發現有人要逮捕她，於是號召她的隨從者反擊：

> 那些本來野性強大、滿角
> 憤怒的牛，都被年輕女人們
> 以無數的手扳倒在地；
> 它們血肉的外裝迅被撕裂，
> 比主上您眨眼的時間都快。
> ⋯⋯
> 像敵人一樣，她們衝向
> 客賽潤山麓的咳斯阿，以及厄瑞斯瑞
> 兩個村莊，搶劫所有的東西，
> 連孩子都從家庭帶走。（743-754）

第二次是信使的報告亞格伊殺死她兒子彭休斯的情形，部分如下：

> 她用雙臂抓住他的左手，她的
> 一隻腳抵在那可憐人的勒骨上，
> 她扯脫了他的肩膀，不是靠她的力量，
> 是神在她手上，特別賜予了的輕易。
> 伊娜正在破壞他的另一邊，撕裂

他的皮肉；還有歐脫娜伊等全部信徒
都攻擊他。然後大家同時喊叫：他的是
持續哀號，直到嚥氣；女人們的則是
勝利的歡呼。有一個拿著一條手臂，
另一個拿著一隻腳，上面仍然穿著
靴子。他的肋骨幾被利爪挖空，
女人們個個血手淋淋，把他的肉
當成球丟來丟去。（1125-1137）

從上面的介紹可以看出，戴歐尼色斯的教派似乎還相當原始粗糙。它一方面具備任何宗教必有的教條、奧祕，和儀式，另一方面它以強制的方式招收信徒，以殘忍的手段報復侵犯或壓制它的人眾。這正如前面引證過的戴神的自況：「祂最為恐怖，但是對人類也最為慈祥。」復仇對祂來說是正義之舉，是「神的憤怒」（Nemesis）。

最後，戴神的信徒在死後似乎還可以獲得某種保障。歌隊在知道彭休斯已被他母親撕成碎片之後，高聲歡唱道：

讓我們為戴歐尼色斯舞蹈！
讓我為們彭休斯的災殃高歌！
這個蛇的後裔，穿著女裝，
拿著由茴香杖變成的美好的
常春杖，一定會到達陰府，
由一頭牛作為

他災難的領導者。（1153-1159）

引文中的關鍵處是「一定會到達陰府」，但此句的原文有問題，歷代校勘者修訂意見很多，進一步的詮釋更是莫衷一是，因此我們難於確定，彭休斯進入地府能不能受到特別的待遇。一般來說，戴神教對於教徒死後的陰靈，最多只是蜻蜓點水，語焉不詳，它在這方面還有大量發展的空間。

從信史的大輪廓來看，《酒神的女信徒》的寫作時間，介於荷馬的兩部史詩與《新約》之間。前者約於公元前九世紀開始流傳，《新約》中的《使徒行傳》及《羅馬人書》大約寫於公元後第一世紀的五十年代，《馬太福音》等四福音則在它們之後約二十年才先後完成。荷馬史詩中以宙斯為首的天神很少公正的照顧人的現世，更壓根忽視人的來生。史詩之一的《奧德賽》更描寫，人死後到了陰曹都變成孤魂餓鬼，因此這些神祇固然為官方尊崇，但難以饜足人心，尤其是在公元前五世紀中葉以後，希臘戰亂瘟疫不斷，人民生活困苦，生命沒有保障，於是紛紛尋求心靈的慰藉。許多的新教、密宗於是趁虛而入，戴神的崇拜也是其中之一。到了公元後一世紀中葉，基督教的保羅到希臘傳教，批評當地原有的多神教與偶像崇拜，廢除了摩西以割禮為入教先決條件的律法，首度以耶穌基督的名，大量的為非猶太人施洗。《新約》的教義，我們多少都知道，包括它強調靈魂的不朽、耶穌的愛，得救與進入天堂的許諾等等。這些教義，正是亂世人心所想往的，也是戴神教所沒有的。從這個歷程看，《酒

神的女信徒》所反映的，正是人類追尋更高宗教的一個歷程。

三、近三個世紀對本劇的代表性解讀

公元前四世紀，希臘的哲學家L. Euhemerus認爲，一切神話中的神祇都是人想像創造出來的；祂們的神奇力量，都是人把英雄事蹟誇大渲染的結果。後人用他的名字標誌這種神學理論，稱爲euhemerism「英雄神話說」。他的這種看法，沒有引起立即的影響：羅馬征服了希臘，但在文化與宗教上大量汲取了它的傳統。到了中世紀以後，基督教盛行，任何涉及到異教神祇的問題，基本上是壓制、挪用或迴避，所以對戴神、對本劇都無特別的研究。

啓蒙運動以後，對古典文學的研究活潑起來。從十八世紀到十九世紀中葉，盛行的是「反悔派理論」（the palinode theory）。這派人士以爲，尤瑞皮底斯一向用理性看待傳統宗教，對它質疑、諷刺不遺餘力，以致受到同時代的作家及哲學家的不滿。於是他在死前的最後一個作品裡，做了臨終前的悔改。依據這個前提，這派的詮釋認爲：彭休斯反對宗教，以致受到了應得的嚴懲；他的慘死因此是一種警告：世人要敬畏神明，不可傲慢褻瀆。（Dodds, xl-xli; Hu, 1-7）

首先反對此派的學者們屬於「理性主義者」（the rationalists）。他們分散在英、法、德各國，但一致認爲尤瑞皮底斯一貫用藝術反對宗教，無所謂臨終悔改。在本劇中他讓信徒與反對者都受到痛苦，藉以凸顯戴神的無理與危險，但

是他受到傳統的制約，不得不採取迂迴的批評方式，因此，這派的大師Verrall寫到：「雙重詮釋是必要的」（18）。例如，彭休斯的死是傳統的一部分，劇作家不便更改，但透過雙重詮釋，他的死亡並不表示劇作家認為他罪有應得；相反的，彭休斯獨抗狂瀾，雖死猶榮，值得欽佩。

理性主義者的最大貢獻在指出：本劇中的戴神教與希臘原有的宗教不同，因而能引起當時人們參加；這點，本文前面已經說到。但是本派進一步指出，就個人言，戴神教訴求於感情的神秘感，讓信徒能打破外在的束縛，追尋自由與快樂。基於同理，它對社會則是弊多於利。當底比斯的信徒們瘋狂到殺死自己的孩子時，這種弊害到達極端。這派於是歸結到：尤瑞皮底斯在劇中展現出雙重人格。作為詩人，他熱情謳歌戴神的宗教；但是作為哲學家，他私淑於彭休斯的理性的觀點。（Decharme, 64）

理性主義者的詮釋也有盲點，那就是彭休斯並非理性之人，戴神也有其殘酷的一面，這些下面還會提到。接著這派之後的一派可以稱為「象徵主義派」（the symbolists），他們的共同點是：視戴神為心理力量的象徵。首倡此論的英國學者Dodds即認為，尤瑞皮底斯不可能相信真有一個客觀的戴神存在，他在劇中呈現的神固然以人的形貌出現，但那只象徵一個宇宙間或人心內的力量，就像人的慾望、或海上的風暴一樣，它們既無理性，更缺道德。在劇中第四場，彭休斯突然改變，不僅穿的服飾和女性信徒一樣，連言談舉止也像女人。這種突變，依Dodds解釋，來自他的心理隄防的完全崩

潰:他一向被壓抑的慾望於是奔流而出,終至不可收拾。
(Dodds, xvi)在劇尾,彭休斯的母親和外祖父都受到戴神嚴
懲,「反悔派」可以視爲罪有應得,理性主義者可以視爲戴
神殘忍的證據,但象徵主義者則認爲,當暴風破船時,所有
乘客都葬身海底,無分男女老幼,賢與不肖。(Dodds, 1973,
89; Hu, 19-20)

　　戴神所象徵的究竟是什麼,說法因人而異。Grube認爲它
象徵人的熱情。順應這個力量,人就會得到快樂;忽視它、
壓抑它,就可能釀成災難。在劇中,彭休斯最後身體被撕成
碎片,正是熱情爆破的後果。從這個結論再反觀他在劇中的
所作所爲,Grube認爲「他是個好色的清教徒,極度恐懼放鬆
感情的力量。」(Grube, 40-53; Hu, 21-2)。Diller不同意這種看
法,他只承認:戴歐尼色斯象徵一種可怕的非理性的力量,
「它驅使一個人拋棄自己的身分,並且極端暴虐的強迫那些
頑強企圖保持自我的人。」(366)。

　　晚近一個世紀以來,歐美學術界還流傳著一種「戴歐尼
色斯聖體主義論」(the theory of Dionysiac sacra-
mentalism)(Obbink, 66)。在二十世紀初年,劍橋大學人類學
者J. G. Frazer研究非洲土著生活後,在《金樹枝》中宣稱,野
蠻人相信將野獸連血帶血生吃,就可以取得所吃野獸的力
量,他稱之爲「鮮肉餐食的同種療法效果」(the
homoeopathetic effect of a flesh diet, v, ii, chapter 12)。劍橋學派
的Jane Harrison把這種理論直接應用到戴神,認爲祂的信徒相
信,他們在祭禮中所吃的牛或羊就是戴神自己,透過聖餐就

分享祂的生命（Obbink, 66）。她的理論引起很多的支持與附和，影響到對本劇的詮釋，但劇中並沒有提到「鮮肉餐食」的現象，更沒有那樣的行為。

除了以上略可歸類的意見之外，其它的個人意見還不勝枚舉，其中最為人知的當為尼采的《悲劇的誕生》。這位一度宣稱上帝已經死亡的德國的哲學家認為，生命的現實令人恐懼、嘔吐，只有藝術連同想像，使人得到慰藉，繼續生存。呼應著L. Euhemerus人創造了神的說法，尼采認為人在夢中創造了兩個神，他無以名之，於是假借希臘神話，一個命名為戴歐尼色斯，一個命名為阿波羅。前者代表音樂等非視覺藝術，後者代表具象藝術（plastic）或造型藝術，兩者結合而成悲劇。尼采認為，生命的外象變化萬端，深邃的希臘人，對最深最微的痛苦，感受都獨一無二。但尼采同時認為，生命的底層是歡樂洋洋，生氣勃勃，且代代相傳，不可能摧毀。希臘悲劇中由撒特（satyr）組成的歌隊，表達出來的正是這種生命。它們在歌聲舞影中，結合超自然的力量，陶然忘我，也使它們的觀眾從中得到慰藉與拯救。

四、本劇的時代意義

以上大體綜述了有關本劇的主要解讀，以下的討論則基於一個出發點：假如有一個人自稱是神，或一個神以人的形貌出現，聲稱要建立一個新教；又假如有一群人成為他（祂）的信徒，在行為上破壞了原有的規範，那時，政府應當怎樣處理，一般人應當持什麼態度？換句話說，把重點放在人類

社會。類似的宗教問題不僅歷史上層出不窮，今天也仍存在，而且在很多地方非常嚴重，我們的這個角度，也許能讓本劇更有時代的意義。

本劇基本上可以視為政治與宗教的衝突：前一半國王彭休斯企圖依仗權勢，鎮壓一個外來的正在萌芽的新教；後一半戴歐尼色斯運用祂的神力，毀滅了國王和他的家族。在這樣的過程中，雙方立場對立，觀念相左，互相衝突激盪，形成一種辯證關係，其複雜性可視為人類政教歷史發展的縮影，其前瞻性則至今仍可成為處理類似衝突的南針。

這個衝突可以分為四個角度或層次：從宗教的角度看，彭休斯是罪有應得。從政治的角度看，國王所作所為，縱使獨斷專橫，仍然情有可原。從被壓迫的信徒角度看，彭休斯的言行缺乏理智，過於極端，他可說死有餘辜。從受戴神懲罰者的角度看，祂的懲罰過於嚴厲，因而失去人心。本劇像是盧山面目，橫看成嶺側成峰，它是一個疊景，深邃難測。

彭休斯的死亡是一連串錯誤選擇的結果，這些選擇又和他的性格與認知有密切的關係。首先，我們知道戴歐尼色斯兼有多種身分，包括人和神兩種，但是彭休斯不相信他是神。他的外祖父勸他即使他有懷疑，「也要當祂是真的」（334），並且用他的另一個外孫為例，說明冒犯神的可怕（337-341），但彭休斯充耳不聞。對於到山中參加宗教儀式的婦女，他懷疑她們只是藉宗教之名，在那裡縱情淫亂，要嚴厲懲罰。先知罵他：「頑固的人，你真是不知所云。你剛才就神魂顛倒，現在更徹底瘋狂！」（358-359）

他逮捕戴神以後，以為祂只是一位新教的傳教士，和祂激烈辯論，最後濫用威權，把祂關到馬槽，引起信徒們悲憤不已，呼求天神「制止一個屠夫的傲慢」（555）。不久他接到報告，說信徒們自衛反擊之後，竟然攻擊村莊，搶劫財物，擄掠幼童。他於是決心要用武力鎮壓（778-797）。戴神勸彭休斯與其持鎮壓態度的信徒，與神作對，不如參加她們的祭獻，彭休斯卻說：「祭獻？我會的：在客賽潤的峽谷中，對那些咎由自取的女人，我會大開殺戒。」（796-797）是在這時，戴神才開始設計圈套，讓他入彀就死。歌隊的報復心、護主心和正義感，交織成她們兩度的呼籲：

> 讓正義現身吧！讓她
> 帶著利劍，刺進他的
> 喉管。他無法無天，
> 心性邪惡，他，阿持溫
> 從地上冒出的兒子。（992-996）

歌隊因為是外地來的信徒，難免偏向戴神一邊，但是彭休斯的親人也都認為他處置失當。最能代表底比斯一般人民的該是兩個信使。按照希臘悲劇的慣例，信使在報告音訊之後，常常針對音訊內涵做一個寓意教訓或金言（moral），本劇中也是一樣。第一個信使對彭休斯說的是：「我的主上，不論這個神是誰，接納祂到我們的城市吧！」（769-770）第二個信使在生動的報告了彭休斯的慘死之後，在結尾也作了一個

道德總結：「最好的還是中庸之道，尊敬神明的事物；我想
這也是人類可以善用的最聰明的財富。」(1150-1152)透過底
比斯平民的意見，更突出了彭休斯的剛愎自用，一意孤行。
從上面累積的各方面的意見來看，彭休斯因為傲慢、頑固，
嚴厲的打壓宗教，他的死是勢所必至，難以挽回。

　　如果從政治的角度看，彭休斯作為國王，他的所作所為
可以說是責無旁貸，至少是情有可原。當時雅典婦女終身都
受到男人的監護：在家時是父親，出嫁後是丈夫，夫死後是
兒子，與我們傳統的三從四德大同小異。除了極少數的公定
慶典之外，一般的良家婦女都足不出戶，連她們的臥室都選
在房屋的後面或者樓上。在劇中，信徒們在深山野外，通宵
達旦，飲酒跳舞，不論她們是否有進一步的邪淫行為，就已
經對既有的社會行為規範，構成了公然的挑戰，任何負責的
國王都不可能縱容放任。

　　這種挑戰，是在宗教儀典的名義下進行，戴神辯說外國
風俗允許婦女跳舞，更涉及到敏感性的民族文化優劣問題。
如果同意戴神的說法，無異允許「以夷變夏」。在男女授受
不親的社會，又怎能任令男女混雜舞蹈？此外，信徒們拋棄
了照顧子女，料理家務的日常工作；她們穿著的教會服飾，
在希臘人眼中如同奇裝異服，不倫不類。火上加油的是，信
徒們竟然使用常春杖打敗敵人，進而攻擊村莊，搶劫財物，
擄掠孩子。國王他於是下了決心：「這些信徒的桀傲暴力，
像火一樣燃燒到了近旁，使希臘蒙羞。不能再猶豫了。」
(778-780)他執行的是保國安民的責任。了解雅典當時情形的

批評家斷定：無論現代人想法如何，本劇首演的觀眾對國王
定會給予了解與同情。

以現代的眼光看，衝突的雙方都有同樣的錯誤：他們都
不顧人們宗教選擇的自由，動用力量強迫他們。在戴神方
面，祂一上場就宣稱：「儘管這個城市並不願意，但它必須
徹底了解沒有加入我教的後果。」(39-40)在彭休斯方面，是
他對願意信教的人，採取了強力壓制的手段。於是，在衝突
雙方逐漸升高的同時，我們聽見第三個聲音，表達出歌隊和
一般人民的願望。前面已經提到，信徒們由於信仰，感到心
靈方面的滿足。她們宣稱：「日復一日，生活快樂的人，我
認爲他得到了天佑。」(910-911)引申來說，她們的快樂是經
常性的，不是偶發性的；是在現在，不是在未來；是內在的
感受，不在對外的物質、財富或者權位的追求。這就如我們
的知足常樂。

但是對這些信徒而言，知足並非忍受迫害，快樂更意味
信仰的自由。在遭受獨裁者的壓制時，她們有時會強烈的反
抗，有時是消極的想遠離希臘本土，找尋世外桃源：「那裡
有優雅，有渴望；那裡信徒們能合法舉行神祕的儀典。」
(414-416)在國王迫害加劇之時，歌隊自比爲遭到恐怖圍獵的
小鹿，但是她們沒有放棄對生活的憧憬：

> 何時我才能夠赤著白足，
> 在信徒的歡聚中跳舞
> 終宵，然後再舉頭後仰，

迎接沾滿露水的空氣，

就像一隻小鹿，嬉戲在

芳草如茵的牧場？（862-867）

顯然的，信徒們在追尋一種新的人生價值，新的生活方式。赤足表示她們不講究衣履的華麗奢侈；沾滿露水的空氣、芳草如茵的牧場，表示她們希望貼近自然環境；至於「嬉戲」和跳舞終宵，正有如康德的藝術境界：「沒有目的的充滿目的」或「充滿目的的沒有目的」（purposeful purposelessness）。但是跳舞也正是彭休斯反對戴神教徒活動的一個重點。戴神辯護說，每個外國人都在宗教儀典中跳舞了，彭休斯則認為那是因為他們的理性遠低於希臘人，戴神反駁說那只是風俗不同。更重要的是，那些儀典大多是在晚上舉行，戴神歸因於「黑暗有一種莊嚴」，但彭休斯則聯想到黑暗容易使女人墮落，他沒有聽進先知對他的開導：

在與愛神有關這方面，戴神並不強迫

女人遵守貞潔。那永遠出於她們的本性。

你也得考慮，即使在戴神的歡樂儀式中，

真能自制的女人並不會受到玷染。（315-318）

先知的話，透露著對人性的信賴，也指明人類社會未來發展的方向。在雅典當時那樣的環境，在世界上尚有億萬人們極度恐懼放鬆感情力量的今天，先知的話無異於文明進步

的號角，啓導人們邁向一片新的天地。至於信徒的憧憬及渴望，可以說是人類正常的心態，在文學中屢見不鮮，譬如說蘇東坡的臨江仙中的下半闋：「長恨此身非我有，何時忘卻營營。夜闌風靜縠紋平，小舟從此逝，江海寄餘生。」彭休斯獨力抵擋人民的願望與歷史的潮流，他失敗了。

然而，本劇的變化是如此奇妙，以致就在他慘死的同時，他和他的家族獲得了我們的悲憫與同情。這個轉捩點從第二信使的報告開始。他生動、具體、細膩的描述，是戲劇史上非常有名的篇章，上面已經引用。在這樣殘忍的屠殺過程中，戴神始終戴著笑臉的面具（1022-1023）十足令人反感。祂曾經說過祂的雙重性：「最爲恐怖，但是對人類也最爲慈祥。」（861）在這裡，我們看到祂恐怖的一面。當歌隊看到殺死親子的母親亞格伊時，她們一再稱呼她爲可憐的女人；當她們看到老人卡德穆斯時，她們對他說：「你的命運令我憐憫。」（1327）。戴神完全兩樣，祂絲毫無動於衷，展現出是典型的「神的震怒」（Nemesis）。

從彭休斯的死亡中，卡德穆斯認識到神的存在，相信神。在愛孫破碎的屍體之前，他說：「若是有任何人還輕視神，讓他仔細看看這個人的死，相信神吧。」（1324-1326）在最初，他的態度是寧可信其有，不可信其無，現在他真的信了，但戴神還是宣布要將他和他的妻子變形爲蛇，然後還要飽受艱難困苦。這位老人於是開始央求：

　　卡：戴歐尼色斯，我們懇求您！我們對不起您。

戴：你們了解我們太遲了。你們早先就應該知道的。

卡：我們現在知道了，但您對付我們非常過分。

戴：不錯，因為我，一位神，受到了你們的侮辱。

卡：神不應該像凡人一樣憤怒。

戴：我父宙斯早就允許這些事情。（1344-1349）

在這裡，我們聽到希臘悲劇的主調。生命是這樣複雜，人們難免犯錯，從錯誤中人學習到了解、經驗、甚至智慧，但總是為時已晚。而且，受害的不僅是當事人本人，往往也殃及無辜。牽涉其中的人痛苦悲哀，旁觀的人也可能一掬同情之淚，但戴神只有一句話：「我父宙斯早就允許這些事情」。不錯，天地不仁，以萬物為芻狗。在《舊約》中的耶和華，同樣一再展現過「神的震怒」：祂不惜讓大火燒毀整個城市，讓洪水淹滅全人類。然而，更能贏得人心的是《新約》中的耶穌，是《使徒行傳》中的保羅，他們強調的是愛與寬容。

戴神的殘忍與冷漠，引起了亞格伊徹底的改變。以前，她以皇太后之尊，擔任新教的祭司，率領信徒到山上參加儀典。後來在戴神的號召及操縱下，帶頭攻擊親子，但即使在這樣的瘋狂之中，她的宗教情懷絲毫未減，她請她父親代為管教她的兒子：「他只能與神抗爭。父親，您一定要罵罵他。」（1255-1256）好不容易清醒以後，她認清了事實，再由悲痛產生了覺悟：「戴歐尼色斯毀了我們，現在我明白了。」（1296）在戴神宣布對她家族的懲罰之後，她悲痛之

餘，不僅接受流放的命運，甚至對它還抱著一份期待，感到一份解脫：

> 讓我能去到一個地方，那裡：
> 污染過的客賽潤山看不到我，
> 我的眼睛也看不到客賽潤山，
> 也沒有奉獻的常春仗喚起往事。
> 那些，讓別的信徒去關心吧！（1383-1387）

　　以前，歌隊信徒在為了信仰而遭受迫害之時，曾盼望遠離希臘本土，找尋世外桃源。現在亞格伊這樣積極的信徒，卻對她一度狂熱奉持過的宗教心灰意冷，這是多麼強烈的對照！在這裡，可以看到戴神教未來發展的方向：它要不改變，就只有沒落。在同時，隨著彭休斯家族的消失，它所代表的觀念、制度與生活方式也受到致命的打擊。在教權、王權兩敗俱傷的結局裡，我們隱約看到一個新的遠景。芸芸眾生將獲得前所未有的自主與自由。在宗教上，人也許需要一種信仰、一份慰藉，但那是個人的事，每個人應有選擇的自由。在道德行為上，主要依靠個人的自制與自律，不是政府的威權或社會的規範。生活方式上，人將有更大揮灑的空間；假如他願意，他可以在歡聚中跳舞終宵，然後再舉頭後仰，迎接沾滿露水的空氣。這個遠景，今天在很多地區已經來臨。

　　在戴神信仰方面，希臘終於接受了祂，讓祂在德耳菲的

阿波羅神殿享有一席之地，正式將祂納入傳統的信仰。在公元前534年，雅典以祂之名，成立了人類歷史上的第一個戲劇節，進行悲劇比賽，此後年復一年舉行，在演出前還有隆重的儀式，先把祂的神像搬出城外，再搬進城內的劇場中央，用以紀念祂初到希臘的盛事，同時讓祂欣賞戲劇的演出。這些活動表示祂的崇高地位已經奠定，但祂的形象已經被「慈祥」化，祂的功能被藝術化。在祂的節日演祂的從前，凸顯出希臘人運用智慧，成功的調適了信仰，雖然這信仰本身還有內在的缺陷，還難以抗拒更新更好的宗教。

古今中外，新舊宗教層出不窮；創教之人，有的被當時的政府懲罰鎮壓，事敗人亡；有的建立了祂的宗教，成為信徒崇拜的教主或真神；可是這些宗教中，有的又被後來的宗教視為邪教異端，遭到排斥與迫害。即使在今天，宗教與政治之間的衝突，宗教與不同宗教之間的衝突，正是世局動盪主要原因之一。本劇呈現的正是人類亙古常見的現象。透過它，我們可以了解這些現象，但更為感人的是，在這本曠世之作裡，我們還經驗到萬花筒式的生命，它的變化是如此繁富，力量是如此強大，感情是如此熾烈，以致兩千多年以來，後世只能揣摩劇作家的詩魂，卻看不清他創造出的疊景。

目次

劇中人物表

戴歐尼色斯	宙斯天帝與色彌妮公主之子
彭休斯	底比斯城邦國王
亞格伊	彭休斯母親
卡德穆斯	亞格伊之父，彭休斯之外祖父
泰瑞西亞斯	盲眼先知
衛兵	
信使一	
信使二	
歌隊	

開場（1-63）

　　全為戴歐尼色斯的獨白。除了介紹故事的時空背景之外，還
說明了祂以凡人模樣出現的原因，以及祂來到底比斯的複雜動
機：一是為母親色彌妮洗刷名譽；再是對世人展現祂是一位尊
神；三是建立自己的教派。由於當地國王彭休斯反對，於是召
喚信徒去敲打宮門，一場驚心動魄的衝突於是展開。

戴歐尼色斯　　　我、戴歐尼色斯、宙斯[1]的兒子，
　　　　　　　　　現在來到了底比斯[2]。我的母親色彌妮[3]，

1　宙斯。希臘神話中具有最高權力的天神。
2　底比斯。希臘的一個城邦，鄰近雅典北部。它的開國始祖是卡德穆斯。
　神話說他的妹妹歐羅巴（Europa）被化身為牛的宙斯拐走，他的父親亞
　吉諾下令要他找尋，找不到就不准回家。他遍尋不得，求救於阿波羅，
　祂教他尾隨一牛，窮追不捨，至牛累死處建立城邦。他依言而行，建
　立了底比斯，並撒下蛇（龍）的牙齒，讓其化身為人，成為該城公民。
　這些公民被稱為「被種之人」（sown men），其中之一名叫阿持溫
　（Echion），原意為蛇人（snake-man），是現今國王彭休斯的父親。卡
　德穆斯有四個女兒，色彌妮已死，遺腹子長大後即為戴神。現存三女
　依次是：伊娜、歐脫娜伊、亞格伊。次女有子名阿科泰昂，早已慘死

是卡德穆斯的女兒。閃電的火焰，
是她生我時的助產士。現在我從神
改變成人的模樣，來到了戴溪與伊斯墨諾斯的　　5
水濱。我看到在王宮之前、遭到電擊的
母親的墳墓；房子的廢墟中，
宙斯的火焰仍在閃爍，表現著赫拉[4]
對我母親永無休止的強橫。
我要讚美卡德穆斯[5]，是他　　　　　　　　　10
禁止任何人踐踏這個地方，
使它成爲他女兒的聖地；
我則用葡萄的新枝將它覆蓋。

我離開了富有黃金的利狄亞和非耳吉亞[6]，

（參見337-340行）；三女有子名彭休斯，即本劇中之國王。
3　色彌妮。英文為Semele。有關她的神話和傳說很多，在本劇中，她是
　　國王卡德穆斯的女兒，曾獲天神宙斯眷愛，天后赫拉知道後，行使毒
　　計，誘使色彌妮要求她的愛人展現本來面目。宙斯根據誓言，不得不
　　同意她的請求，結果祂如同雷電的「本來面目」，立刻燒死了祂的新
　　愛。色彌妮死前已經懷孕，宙斯救出胚胎，它成熟出生後就是戴歐尼
　　色斯。至於如何救出的說法也很多，劇中對那些比較荒謬的部分，會
　　在適當時間加以反駁。參見88-98、523-528等行。這個哀艷的故事，
　　希臘的觀眾都耳熟能詳，所以劇作家不須說明，就可以有4到10行的
　　發揮。
4　赫拉。天后，宙斯之妻。
5　卡德穆斯。底比斯的開國始祖。
6　戴神解釋祂傳教的路徑：先在亞洲人的地區，再經過希臘與異地人雜
　　處之地，現在才來到希臘的底比斯，祂的故鄉。

經過了豔陽高照的波斯高原，還有　　　　　　　15
城牆環繞的巴克垂亞，以及寒酷的米狄。
然後我穿越了富庶的阿拉伯，
以及全亞細亞那些沿海的城市，
其中城塔高聳，眾多的希臘人與
外國人雜處。我在那邊讓人們跳舞，　　　　　20
建立了我的密教，以便顯現我是
天神的本相。在希臘，底比斯是
第一個土地，我讓它呼嘯，並且
讓它身上繫著鹿皮，手中握著
常春杖──那個纏有常春藤的武器。　　　　　25
我母親的姊妹們否認我、戴歐尼色斯，
是宙斯的兒子。她們很不該這樣做的，
可是她們卻誹謗說色彌妮失身於
一個凡人，卡德穆斯又巧言飾非，
把她的過失推給了宙斯。　　　　　　　　　　30
她們大聲宣稱，因為她謊言雲雨之情，
宙斯才殺死了她。因此，我使那些姊妹們
瘋顛，離開家庭，住在山上[7]，精神錯亂。
我還逼她們穿上我密教的服裝。
所有住在底比斯的女人，只要是女人[8]，　　　35

7　指客賽潤山，距底比斯約13公里，參見62行。
8　包括已婚及未婚、成年及兒童。戴神的信徒固然不分性別，但總以女
　性為多，在本劇中更沒有男人，所以不會淫亂。

我都使她們瘋狂離家。這些女人
和卡德穆斯的女兒們聚在一起[9]，
坐在淡綠衫樹底下的石頭上。
儘管這個城市並不願意，但它
必須徹底了解沒有加入我教的後果；　　　　40
爲了替母親色彌妮辯護，我同時必須
對世人顯示，我是她爲宙斯所生的神。

卡德穆斯已把獨裁君主的特權
交給了他的外孫彭休斯[10]。正是他在
壓制我的教派，與神作對[11]。他祭酒時　　　　45
將我撇開，祈禱時把我完全忘記。
我要對他、和所有的底比斯人
展現我的確生來就是一位天神。
在此地一切處理妥當之後，
我就會到別的地方顯現真身。　　　　50
如果底比斯人企圖在憤怒中

---

9 戴神的教派不分階級，平起平坐。
10 指亞格伊‧彭休斯。底比斯國王。他的名字希臘文爲Pentheus，具有
　「悲哀」及「傷慟」的意義。在367行中，這名字的含意還成爲一詞
　雙關的警告。
11 與神作對。這是戴神對彭休斯的指控。彭反抗戴神的立場很孤立。例
　如先知不贊成彭的作法：「你所說的話不能說服我與神作對。」(325)
　後來戴神從監獄出來之後，說：「哎，一個凡人，竟然敢和神作戰。」
　(635-636)。他母親不贊成，求她的父親教訓外孫：「他只能與神抗
　爭。父親，您一定要罵罵他。」(1255-1256)

用武力把我的信徒們[12]從山中帶走，
我會率領她們戰鬥。因為這些原因，
我取得了人的形貌，變成常人的樣子。

來吧，我教內的姐妹們[13]！
我把妳們從講外語的人群[14]中帶出[15]，　　　　　55
離開了利狄亞[16]的堡壘、磨爐斯山[17]，
作為我休憩和旅行的侶伴。來吧，
帶著妳們非耳吉亞[18]當地的鈴鼓──
那是大地女神瑞阿[19]和我的發明──
來到彭休斯的宮門前面吧！　　　　　　　　　　60

12　我的門徒們。原文是maenads，此處指戴神從亞洲帶來的信徒。原文
　　中之「maen」有「瘋狂」的含意。參見32-37行。
13　我的姐妹們。原文為thiasos，指密教中同參祭典的女性信徒。英文是：
　　my sisterhood of worshipers。
14　講外語的人群。原文為Barbarons，泛指所有不說希臘語的人。它是
　　形聲字，因為他們的語言，希臘人聽起來都像是bar-bar，難以辨識，
　　但講那些語言的人並不一定沒有文化。英文的barbarians由此變來，
　　意為野蠻，與希臘原意不同。
15　戴神對祂的信徒們說話，並由她們組成歌隊入場。
16　利狄亞。亞細亞西部古國，大部分由磨爐斯山脈構成，參見下注。
17　磨爐斯山。利狄亞的高山，希臘文學中，戴神的信徒常在它的巔峰舉
　　行宗教儀典。山坡低處有很多的葡萄園。
18　非耳吉亞。在亞細亞地區。
　　鈴鼓。它和笛子常在密教儀典中混合使用，形成管樂器與打擊樂器合
　　奏。
19　瑞阿女神。中東、小亞一帶遠古神話中的女神。後來的希臘神話把祂
　　變成宙斯的母親。

敲打它們，以便卡德穆斯的人民看見[20]。
但是我要到客賽潤山的山坳去，我的
教徒們在那裡，我要參加她們的舞蹈。

（出場）

20　看見。歌隊敲打鈴鼓，目的是用它的聲音吸引眾人，從四處來到宮門
　　前面，讓其他人「看見」她們。

進場歌（64-169）

　　歌隊入場，載歌載舞，而且還打鼓吹笛（125-7行），宛如一
個宗教祭典中的儀式行列。此歌組織上分為三個部分。一、序
曲（64-71行），歌隊正在進入（圓形）歌舞場途中，宣稱將要
唱歌頌揚戴神。二、正曲（72-134行），由兩組正旋及反旋組
成，內容包括密教的教條、神話、和對戴神的歌頌。三、終結
篇（135-169行），頌歌餘音裊裊。因為歌隊由來自東方之婦女
組成，所以帶進了不少的亞洲信仰及風俗，在音樂旋律及文字
辭彙上也都富於東方色彩。

歌隊　　　　　從亞洲大地，我離開了神聖的
　　　　　　　　磨爐斯山，為雷神[21]疾趨前行，　　　　　65
　　　　　　　　工作如此甜蜜，勞累即是快樂。

21　雷神。原文為Bromios，是戴歐尼色斯的頭銜之一。此字意為「咆嘯」
　　（roaring），戴神自己就常咆嘯，如「他用嘯聲回應」（151行）。祂密
　　教的音樂也聲音高亢。後來，更因為祂是在雷電中誕生，遂順勢稱祂
　　為雷神。

我要用歡嘯頌揚戴神。

誰擋住道路？誰擋住道路[22]？

誰在宮中？讓他出來。

人人都要肅靜，心口淨潔，　　　　　　　70

因為我將用不朽的

古調讚頌戴神。

（正旋一）

多麼幸福啊！那個知道神明

盛事的人，他滿懷快樂[23]，

生活純潔，當他在山中　　　　　　　　75

進行著戴神神聖的

淨化[24]儀式之時，又能與

教友們靈意相通。他按照習俗

慶祝偉大地母科比兒[25]的

神祕儀式，侍奉戴神：　　　　　　　　80

揮舞著常春棍上上下下，

---

22 歌隊要別人讓路，並保持安靜，因為她們即將唱歌頌揚戴神。

23 滿心快樂。這是一種「至福」或「滿福」（beatitude）的宗教經驗。
   當時希臘最有名的密教是雅典西鄰的密教（Eleusinian mysteries），相
   傳入教者即有這種經驗。「靈意相通」意義是教友間在精神上的溝通
   往來。這種將個人意識（individual consciousness）與集體意識掛勾的想
   法，在宗教裡非常普遍。

24 淨化。可能指入教儀式，也可能指入教後的結果。

25 科比兒。Kebele，大地之母，對祂的信仰在公元前五世紀由亞洲傳入
   希臘。

頭上戴著常春藤冠[26]。

信徒們,前進!信徒們,前進!

陪伴著天神之子的雷神[27]——

戴歐尼色斯,從非耳吉亞山脈,　　　　　　　　　　85

來到希臘適合跳舞的

寬廣街道。這位雷神[28]

（反旋一）

當祂母親懷祂之時[29],

宙斯的閃電如飛而至,

她被迫早產,痛苦中　　　　　　　　　　　　　90

從子宮裡墜下嬰兒,

更在雷電的打擊下

香消玉殞。在生產之處[30],

宙斯,科如挪斯[31]的兒子,

---

26 常春冠。纏在頭上的常春藤。參見25行的常春仗。這些「常春」的植物,在冬季仍然碧綠,展現旺盛的生命力,象徵長生不死。戴神常被稱為「常春藤之神」(the Ivy-lord),原因在此。在神話中,將祂與常春藤連在一起,可能早於製酒原料的葡萄藤(vine),這旁證出戴神不僅是酒神而已。

27 雷神的父親即是宙斯。

28 這位雷神。原文這個字延續到下行,成為「母親懷孕」的受詞格。

29 戴神兩度出生的神話(myth of the double birth),一次由母親子宮,另一次由父親(宙斯)大腿。這種神話,印、歐文化中都有。

30 原文有爭議,按照較早的版本(E. R. Dodds),「生產之處」即96行的「大腿深處」。現譯根據的是較晚的版本(Seaford)。

31 科如挪斯(Kronos)。宙斯之父,祂因怕子女篡位奪權,每當祂們出生

立刻接住了孩子,   95
藏在祂的大腿深處,
再用金針縫起,
以便瞞住天后赫拉。
當命運圓滿時,祂生下
一個長著牛角的神,   100
把很多活蛇放在祂的頭上
作爲冠冕[32]。由此淵源,
信徒們在她們的頭髮上圈上了
能夠捕捉獵物的活蛇。

(正旋二)

底比斯,色彌妮的保姆啊!   105
戴上常春藤的頭冠吧!
多多繁殖青蔥的歐薯蕷?
和它可愛的莓果,
拿起橡樹或樅樹的樹枝,
歸順爲戴神的信徒吧!   110
在你斑點鹿皮的外氅上,
繫上白羊毛的繸帶吧!
敬重富於暴力的茴香棍[33]!

就活生生吞下。宙斯出生時被救出,長大後果然推翻乃父。現在宙斯
保護戴神,與乃父之企圖殺害所有子嗣成強烈對照。

32 蛇冠。希臘人相信,蛇能保護嬰兒,常用金屬爲嬰兒作爲蛇形帽子。

只須雷神帶領信徒，
全國上下隨時就要起舞，　　　　　　　　　115
到山上去！到山上去[34]！
大群女人已受到戴神的激動
而狂熱，離棄了織布機和梭子，
她們在那裡等待著。

（反旋二）

啊，克里特島上　　　　　　　　　　　　120
寇若特斯的洞穴[35]，
還有宙斯誕生的聖地啊！
在那裡，戴三叉頭盔的
廓瑞班特斯，爲我
發明了這個皮鼓。　　　　　　　　　　　125
這鼓的聲音，配合非耳吉亞的
笛子的甜蜜吹奏，在緊張的
戴神舞蹈裡，在信徒們快樂的
呼嘯聲中[36]，保持節拍。

33　茴香棍。Fennel rods可作密教信徒的武器，但它也可幫助製造奇蹟（參
　　見704-5行）。這種既可為害、又可為惡的力量，正是戴神的具體而微
　　的象徵。參見注26常春仗。
34　到山上去。此句重複兩次，很可能是宗教儀典中的用語或口號。
35　依據神話說，戴神被宙斯帶到克里特島後，把祂放到寇若特斯的洞穴，
　　這位祭司和年輕的撒特（參見注131）、圍繞在嬰兒之前跳舞。
36　從這裡可以想見信徒們在歌舞時的歡欣若狂（napture）。

廓瑞班特斯把這鼓交給　　　　　　　　　　130
大地之母瑞阿的手中。從祂那裡，
顛狂的撒特[37]們取得了它，
把它配合著節慶的舞蹈，
一年兩度讓戴神歡欣。

（終結篇）
在山裡，從奔跑的信徒當中，　　　　　　135
他傾倒到地，大受歡迎：[38]
他穿著神聖的鹿皮，
汲取獵殺的山羊的鮮血，
啖食生肉，快樂洋洋。
衝向群山，在非耳吉亞，　　　　　　　　140
在利狄亞。領隊就是雷神。
啊！
地面流著鮮奶，流著美酒，
流著蜜蜂的瓊漿[39]。信徒的領隊

---

37 撒特（satyr）。半人半獸的怪物牠們性好嬉遊，幾近癲狂，以其為主要
　　人物的撒特劇，是希臘最早的劇種。此處指出牠們取得了新近發明的
　　樂器。

38 這段可能顯示信徒們的歡樂，但確切意義不明。假如「他」就是戴神，
　　又如何會倒下？他的信徒們可能因狂歡過度而昏倒，但是神不致如
　　此，因此，可能的解釋之一是：「祂」顯靈（epiphany）倒下是為了和
　　信徒打成一片，以致「受到歡迎」。

39 鮮奶、美酒、蜜蜂。這三樣都可用於祭奠，有時併用。受到神靈附身
　　的信徒們，相信他們能從水中得到這些祭品。

高舉著松枝的火炬，烈焰拖曳，　　　　145
散放出像敘利亞煙霧般的芬芳。
祂前馳時帶著茴香棍，用奔跑
和舞蹈引逗游離的人群，
用歡呼激動他們，同時
把祂的柔髮拋向長空。　　　　　　　　150
在歡呼聲中，祂用嘯聲回應：
「信徒們，前進
啊，信徒們，前進！
磨爐斯的水流著金沙，
作為它的驕傲，妳們要　　　　　　　　155
配合隆隆的鼓聲，
高歌頌揚戴神，
用非耳吉亞的呼叫吶喊，
在歡樂中崇敬歡樂的神。　　　　　　　160
在同時，隨著聖笛
奏出的歡樂的曲調，
上山去，上山去。」
信徒敏捷跳躍，滿懷快樂，　　　　　　165
就像一匹小馬，跟著
它啃食青草的母親[40]。　　　　　　　169

40　原文行數如此。

第一場（170-369）

盲眼先知泰瑞西亞斯，約卡德穆斯到山上參加信徒們的狂歡儀典。國王彭休斯從國外歸來，對密教的活動非常震怒，因為他認定，那些信徒只是借宗教之名，行邪惡縱情之實。於是他已經逮捕了部分信徒，還要繼續鎮壓，並且不聽兩位長者勸阻，要去逮捕戴神。

（盲眼先知、泰瑞西亞斯進場。他身軀彎曲，著酒神信徒服飾，手持常春杖，探索走向王宮大門。）

泰瑞西亞斯　誰在門口？去把卡德穆斯叫出來。　　　　170
他是亞吉諾的兒子，早年離開了[41]
西敦城，到這裡建立了底比斯城。
去告訴他說泰瑞西亞斯找他。

---

41 卡德穆斯的家世，由此介紹出來。這是希臘悲劇的慣例，可能是藉此為不知情的觀眾提供背景資料。參見注2。

　　　　　　他會知道我的來意，以及我這位老人
　　　　　　和他那位更老的老人做的約定：　　　　　　175
　　　　　　我們要製作常春杖、穿上鹿皮，
　　　　　　還要在頭上纏上常春藤枝條。

卡德穆斯　（從宮中進）
　　　　　　最親愛的朋友，我在裡面一聽見
　　　　　　那個來自智者的富有睿智的聲音，
　　　　　　就認出它是你的。我已準備就緒，　　　　　180
　　　　　　穿上了神的裝束。祂既然是我的外孫，
　　　　　　我們必須盡全力使祂偉大。
　　　　　　（戴歐尼色斯在人前顯示祂是天神。）[42]
　　　　　　我們必須在哪裡去跳舞？到哪裡去
　　　　　　施展腳步，搖動白頭？泰瑞西亞斯，　　　185
　　　　　　因為你富有智慧[43]，開導我[44]這位老人家吧。
　　　　　　整天整夜，我都能夠用我的
　　　　　　常春杖觸地，毫不疲倦[45]。如此遣歲忘年，
　　　　　　歡樂何如！

泰瑞西亞斯　　　　　你的感受和我一樣！[46]
　　　　　　我也感到年輕起來，要嘗試跳舞。[47]　　　190

42　這句話一般都認為是衍文。
43　智慧。是個在劇中反覆出現的母題(motif)。
44　開導我。相當英文的instruct，對先知非常尊敬。
45　這種力量來自聖仗，也就是來自戴神。
46　這一行由兩人分說，稱為「短短行」，表示後者迫不及待。
47　這裡指的是男人。女人們早已去跳了。

卡德穆斯	我們要不要就驅車上山？	
泰瑞西亞斯	不，這樣對神的尊敬就不夠隆重。	
卡德穆斯	要老人帶老人，像大人帶小孩嗎？	
泰瑞西亞斯	神會輕易領導我們到達那裡。	
卡德穆斯	全城只有我們兩個爲戴神跳舞嗎？	195
泰瑞西亞斯	是的，因爲只有我們有理智，別的人都沒有。	
卡德穆斯	我們耽誤太久了，來牽住我的手吧。	
泰瑞西亞斯	這裡，拿住這隻手，結爲一雙吧。	
卡德穆斯	我不過一個凡人，不敢輕視神明。	
泰瑞西亞斯	在天神眼中，我們毫不聰明。	200
	我們從祖先所承受的傳統，	
	像時間一樣古老，即使才智之士	
	發明了妙解，也沒有論辯可以顛覆。	
卡德穆斯	我大把年紀，還要戴著常春藤	
	去跳舞，有人會說我不知羞恥吧？	205
泰瑞西亞斯	不會的，因爲是年輕人或是	
	老年人跳舞，神並未加以區分。	
	祂只要人人都尊敬祂，	
	個個不分軒輊的頌揚祂。	
卡德穆斯	泰瑞西亞斯，因爲你看不見陽光，	210
	我就扮作先知，對你解釋吧。	
	彭休斯正向宮殿急奔而來：他是	
	阿持溫的兒子，我已把王位傳給了他。	
	他多麼激動啊！一定有什麼消息？	

（彭休斯進場。他年輕健壯，身著傳統高靴外
氅，外出方歸，開始講話時並未見到兩老。）

彭休斯　　　我湊巧出國了才一會，就聽到　　　　　　　215
　　　　　　這個城市有了新的邪惡[48]：我們的
　　　　　　女人利用一種假的神祕的
　　　　　　狂歡作為藉口，紛紛離開家庭，
　　　　　　聚集在深山密林，用舞蹈
　　　　　　禮敬一個新神、戴歐尼色斯，　　　　　　220
　　　　　　不管祂究竟是誰[49]。她們藉口
　　　　　　酒神的信徒要舉行儀式，
　　　　　　在大調酒器裡盛滿了酒，其實
　　　　　　是把愛神放在酒神之前，一個個
　　　　　　溜到荒野去滿足男人的情慾。　　　　　　225
　　　　　　有些我已經逮捕，戴上手銬，
　　　　　　由官員們安全收在監獄；
　　　　　　那些留在外面的，我將從山上[50]
　　　　　　捕捉下來，然後用鐵網綁住她們，　　　　231

48　按照希臘戲劇慣例，新人上場可以裝作沒看見已在舞台上的人物，所
　　以彭休斯可以先來一段獨白，
49　彭休斯在此指責戴神會引誘婦女墮落，後來他還說戴神來到底比斯是
　　為了找尋性的伴侶（232-238、454、459行），這些都只是他的懷疑都
　　沒有事實根據，因為根據信使的目擊報告，婦女們在山上都潔身自愛
　　（686-688行）。但是在另一方面，在本劇以前及同時的文學作品與繪
　　畫中，戴神的女信徒都以縱情為特性。
50　兩行顯為衍文，未譯。

即刻停止她們所有的邪惡縱情。

我還聽說有個外地人從利狄亞
來到這裡。這個魔術師、騙子，
有金黃色又氣味芬芳的捲髮，   235
而且面頰紅潤，兩眼蘊藏愛神的魅力。
他日以繼夜與年輕的女人廝混，
引誘她們到歡樂的慶典。若是我能
將他在本地逮捕，我會阻止他以常春杖
擊地作響，或者把他的長髮高拋——   240

我會將他的腦袋齊肩砍下。
這傢伙聲稱戴歐尼色斯是神，
曾經被縫在宙斯的大腿之內；
事實卻是，他和他母親同時死於雷擊，
因為她謊稱宙斯曾與她作愛。[51]   245
無論那外地人是何等人物，以他如此
狂妄的言行，難道不該活活吊死？

（他首次看到泰瑞西亞斯，以及卡德穆斯，均
身著酒神服飾）
咦，這裡又是一個奇觀！我看到先知

---

51 他的看法與他姨媽一樣，參見27-32行。

泰瑞西亞斯，穿的竟是有斑點的鹿皮！

還有我的外祖父——真令人好笑，　　　　　　250

竟然拿著魔教的茴香棍！老人家，

我拒絕看到你們大把年齡，竟然

如此幼稚。外祖父，丟掉那根

常春杖好嗎？啊，泰瑞西亞斯，

是你教唆他作的。你想要對人類　　　　　　255

引進一個新神，然後從解釋飛鳥、

焚燒的祭品中，賺得更多的費用[52]。

如你不是白髮年邁，你定會因為

進這個邪教儀式而帶上手銬，

和那些信徒們關在一起的。婦女的　　　　　260

聚會中如果有葡萄的閃光助興，

我敢斷言，會中將沒有什麼正經之事。

歌隊　　　褻瀆啊！陌生人，你對神祇，對播下

龍種的卡德穆斯都毫無敬意嗎？[53]你，

阿持溫的兒子，難道要羞辱你的族類嗎？[54]　265

泰瑞西亞斯[55]　一個聰明人為一個好的案件[56]，

---

52 觀察飛鳥的方向等等，正是先知預言未來的依據。

53 參見注2。

54 參見注2底比斯。

55 依Seaford的解釋，先知的話，係按照當時希臘的演講法則，包括五
個部分：引論(266-271)，讚美(272-309)，訴求(309-313)，回應（314
－318），及結語（319-327）。

56 「案件」是法律用語作風。這段反駁，一方面有立即的功能：罵國王

要講得流暢並不是件困難的事。
但是你雖然口若懸河，好像心裡
明白，其實你的語言中缺乏理智[57]。
凡是智力不足，只依靠自信壯膽　　　　　　270
又會能言善道的人，一定是壞的公民。

你譏笑這個新神，但祂在全希臘
即將受到的尊敬，遠非我所能表達。
年輕人，人類有兩大福祉，[58]
一個是大地。她就是地彌特女神，　　　　275
你叫她別的名字也可以。她
給予人類乾的滋養。在她之後，
與她相稱的，就是色彌妮的兒子，
他發現了葡萄的流液，介紹給人類，
可憐的人們喝過它以後，就可以　　　　　280
止歇憂傷，獲得安睡，忘懷了當天
所有的煩惱。痛苦沒有別的藥物。
當我們對神灑祭時，我們倒出的

徒有演講技巧，沒有好的內容。另一方面，它影射著時代：當時詭辯
之徒多，他們只知兩雄辯技巧，不顧是非善惡。
57 理智。英文譯本大多翻sense，加上前後文，則有no sense, lacks good
sense。
58 希臘傳統中認識世界與人體中都有乾（dry）與溼（wet）兩種因素。在西
元前第五世紀的信仰中，地彌特（或地神）代表乾的，戴神（色彌妮的
兒子）代表溼的，也就是麵包和酒。

酒就是酒神自己，所以
人類是經由祂而獲得福祉。   285

你現在嘲笑祂，是因為祂曾經被縫在
宙斯的大腿裡面嗎？我要告訴你
這一切的真相。宙斯從烈火中搶出
嬰兒之後，把他像神一樣帶到
奧林匹克山上。天后赫拉要把他丟出   290
天廷時，宙斯不愧為天帝，便將計就計，
從環繞地球的大氣中割下一片，「代替」
孩子給了赫拉，平息了祂的抗爭。
時間久了，人們將「代替」說成「大腿」，
虛構故事，說什麼縫進宙斯的大腿，其實   295
是因為祂的「代替」[59]品曾經給過女神。

這個神還能夠預言。戴神的瘋顛，
以及一般的瘋癲都有前知的力量，
當這個神祇充分進入人體之後，
他就使得瘋狂者說出未來。   300
此外，他甚至具有戰神的某些功能．
當一支軍隊列隊就緒，準備作戰之際，

---

59 代替。原文是(homeros)，意義為人質，但其發聲與大腿(meros)相近。
   現譯取其音近。

突發的驚恐有時會橫掃全軍，
以致干戈未動即全軍瓦解，
這種瘋狂也是由戴神引起。　　　　　　　305

還有，你將會看到他，在德耳菲的
峭壁上，沿著雙峰之間的山岡跳躍，
揮舞著他儀典的常春杖，譽滿希臘。[60]
相信我，彭休斯，不要誇口權力
能夠主宰人間事務；也不要有了一個　　310
想法，就以為自己如何聰明，
因為你的想法並不一定健全。

歡迎這位神到這裡來，對祂洒下奠酒，
參加慶典，戴上藤條的頭冠吧！
在與愛神有關這方面，戴神並不強迫　　315
女人遵守貞潔。那永遠出於她們的本性。
你也得考慮，即使在戴神的歡樂儀式中，
真能自制的女人並不會受到玷染。

你知道嗎？當大批群眾站在門外，當全城

---

60 位於德耳菲的神殿，由於它的神諭遠近知名。解釋神諭的工作，本來
完全由日神阿波羅的祭司主持，在戴神被希臘接受以後，冬季的三個
月改由祂的祭司主持。泰瑞西亞斯是日神的祭司，現在由他來預言戴
神未來在德耳菲的地位，等於宣告戴神必能在希臘建立祂的新教。

榮耀彭休斯的名字時，你是多麼高興。 　　　320
我想，祂在受到尊敬時也會如此。
至於我，還有卡德穆斯，雖然受你
嘲笑，我們仍會頭繫藤條、參加舞會，
雖然兩人都白髮蒼蒼，但跳舞勢在必行。
你所說的話不能說服我與神作對。 　　　325
你瘋狂的行動更令人痛苦，無論用藥或[61]
不用藥，都不能把你的病治好。

歌隊 　　　老人家，你的話沒有侮辱阿波羅，
尊敬戴神，一位偉大的神，則顯示了明智。

卡德穆斯 　　孩子，泰瑞西亞斯對你的勸導很好。 　　330
你要和我們一起，不要逾越法統，
但你現在情緒激動，思念恍惚。即使
如你所言，此神不是真神，你在心目中
也要當祂是真的，善意編織謊話，說祂
是色彌妮的兒子，使她像是神的母親。 　　335
這將給我們，我們的家族很大的榮譽。

你見過阿科泰昂[62]的慘死：由他
豢養的食人獵犬，竟把他撕成碎片，
只因為他在山林之中，誇口說

---

61 此處原文爭議甚多，另一版本可譯為：你的行動瘋狂至極，它由某種
　　藥物引起，卻沒有藥物可以治療痙瘉。
62 阿科泰昂。是卡德穆斯的一個外孫。

| | 他狩獵的本事超過了雅特密斯。 | 340 |

他狩獵的本事超過了雅特密斯。　　　　　　　　340

希望你不要這樣受苦！到這裡來吧！

讓我在你的頭上繫上藤條，

和我們一起去向神致敬吧。

彭休斯　不要用手碰我！你要膜拜就去吧！

難道要把你的愚昧擦到我的身上嗎？[63]

你那個教導愚蠢的老師，我一定要懲罰。　　　345

（對從人）

派人趕快到他觀鳥的攤子去，

用鐵橇砸它個天翻地覆，[64]

把看到的東西弄得亂七八糟，

把懸掛的幡幛[65]丟到風裡吹散。　　　　　　350

我這種作法，將對他傷害最大。

你們其他的人，去全城搜尋，找出

那個有女人樣子的外地人，是他帶給

我們婦女那種怪病，玷污了她們的床褥。

如果逮到，就給他銬上手銬，帶到這裡　　　355

接受他應得的處分：用石頭砸死他，讓他

目睹戴神祭典在底比斯的痛苦收場。

（僕從出場）

63　彭休斯認為瘋狂可以接觸傳染，他的強烈反應，顯示他對新教的驚恐。

64　先知可以從飛鳥的方向或鳴叫中獲得訊息，預知未來。

65　先知在神壇懸掛羊毛幡幛，使它成為神聖之地。

泰瑞西亞斯　　頑固的人，你真是不知所云。你剛才就
　　　　　　　神魂顛倒，現在更徹底瘋狂！卡德穆斯，
　　　　　　　讓我們走吧！雖然他狂野，但是爲了他，　　360
　　　　　　　也爲了這個城邦，讓我們祈求戴神別做出
　　　　　　　非常之舉。拿起你的常春杖跟我走吧。
　　　　　　　你扶直我的身子，我也會扶直你的，
　　　　　　　兩個老傢伙一起跌倒可不大雅觀，但去
　　　　　　　我們還是得去的，因爲我們必須服侍雷神、　　365
　　　　　　　宙斯之子。卡德穆斯，願彭休斯
　　　　　　　不要爲你的家族造成任何痛苦。
　　　　　　　我說的這話是事實，不是預言，
　　　　　　　因爲他這個蠢人說的都是蠢話。
　　　　　　　（卡德穆斯，泰瑞西亞斯出場，
　　　　　　　彭休斯回到王宮）

第一合唱歌(370-433)

歌隊遭到國王的壓迫，向聖潔、優雅、渴望等仙后祈求保護，
同時顯露一種逃避心裡。

歌隊　　　　　　　　（正旋一）

眾神之后的聖潔啊[66]！鼓動　　　　　　　　370
金翼，遨翔大地的聖潔啊！
您可聽見彭休斯的
這些話？妳可聽見他對
雷神污蔑性的褻瀆——
那位色彌妮的兒子，　　　　　　　　375
他在花團錦簇的節慶裡
是最受福佑的天神？
在祂的國度裡，祂
使教友們一起舞蹈；

66　聖潔。本為一種性質，現在「擬人化」（personification），變成仙后。

隨著笛聲歡笑；止息憂鬱：　　　　　　　　　380
常春藤點綴著的
節慶中，人們無憂無鬱，
神也會參與的宴會裡[67]，
調酒缸閃爍著葡萄的波光，
籠罩著人們進入睡鄉。　　　　　　　　　　　385

（反旋一）

口無遮攔，
心無法度，
終必毀滅。
但生活恬靜，[68]
心性審慎，　　　　　　　　　　　　　　　390
則風平浪靜，
家族繁衍。因為
神祇即使遠住雲天，
仍能俯視人事。
聰明並非智慧，　　　　　　　　　　　　　395
妄想意味夭壽：
既然如此，誰會去

---

67 這是對神犧牲奉獻的宴會，信徒們神會參與，與他們共享。在希臘當
　時很多紀念戴神的節慶中，都有類似的活動。

68 這反映著當時哲學上盛行恬澹主義(quietism)，同時與劇情也有密切
　關連，因為彭休斯才打破了「風平浪靜」，毀滅了他的「家族繁衍」。

追求大而無當，

失去垂手可得？

如此作為之人，在我看來，　　　　　　　400

必然思慮不當、喪心病狂。

（正旋二）

讓我到塞埔路斯去，[69]

那是愛神的島嶼，

那裡的帕縛斯地方住著的

愛情神仙，使得人們陶醉；　　　　　　　405

那裡源於異地的大河[70]有上百個

出口，所以無雨也能豐收。

或者，讓我去到最美好的披瑞亞，

那裡奧林匹克莊嚴的山坡，

就是文藝女神[71]的住處。　　　　　　　410

雷神啊，雷神！引導

信徒的歡笑之神啊，

領導我到那裡去吧。

69　在這段祈禱裡，歌隊渴望得到信仰的自由，逃避彭休斯的迫害。禱詞
　　中的塞埔路斯島，代表希臘人地理意識南方邊疆，奧林匹克則代表北
　　方的。這也就是說，她們想遠離是非之地，追尋世外桃源。

70　大河。指謂不明，極可能就是尼羅河，它的地下水在帕縛斯地方有很
　　多出口，可以灌漑土地。

71　文藝女神。即Muses（繆斯），披瑞亞是祂們的住處，位於奧林匹克山
　　北麓。

那裡有優雅，有渴望，[72]
那裡信徒們能合法　　　　　　　　　　　415
舉行神祕的儀典。

（反旋二）
宙斯之子的雷神
喜歡節慶，愛慕
和平[73]，因爲她帶來
繁華，養育幼小。　　　　　　　　　　　420
袘不分貧富[74]，平等的
給予人們歡樂的、
解憂的酒。
人要生活快樂，
就要不分白天黑夜，　　　　　　　　　　425
保持心智明白，
避免極端份子。
凡是不關心以上這些
事情的人，雷神都憎恨。
凡是芸芸眾生認爲正常的，並且　　　　　430
實際履行的，我都願意接受。

---

72 「優雅、渴望」都是由性質擬人化變成的名詞，參見注66。
73 和平。被擬人化，如370之聖潔。意謂和平是繁華的基礎，繁華是人
　　類繁衍的溫床。
74 戴神是位民主的神，人人都可接近。

第二場(434-518)

宗教信仰與政治權力互相衝突,具體表現在教主與國王的對話,國王逐漸孤立,衛兵認為新來的陌生人充滿了奇蹟。

(彭休斯從王宮進;戴歐尼色斯在衛兵押解下,從旁門進)

衛兵　　　彭休斯,我們回來了。你派遣我們
去找的獵物,我們抓來了;我們沒有白去。[75] 435
這頭禽獸[76]非常溫馴,他沒有拔腿逃走,
也沒有拒絕伸出雙手。他的面頰
始終紅潤,從未蒼白。他笑著告訴
我們綁住他,帶他離開。他等著束手
就擒,所以事情很容易就辦完了。　　　440
我不好意思,就說「陌生人,不是我要

---

75 原文行數如此。
76 上一行提到獵物,這裡順口叫他禽獸(beast),並無深意。但後來彭休斯自己變成「困獸」,受到圍獵,則雙方身分交換更為顯然。

逮捕你，我只是奉行彭休斯的命令。」

至於那些女信徒，你曾把她們
戴上鍊條，關進監牢，現在她們
都走掉了，無拘無束，奔向草原，　　　　445
沿途把雷神當成尊神呼喚。
她們的腳鐐自然掉下，門閂
開啓也不假人手。這個陌生人
來到底比斯，充滿了奇蹟，
以後怎樣，就全是你的事情了。　　　　450

彭休斯　　解開他的手。他既在我的網內，
再靈巧也逃不出我的掌握。
你，陌生人，長相不壞，至少對
女人如此，那正是你來底比斯的目的。
你頭髮很長，顯然你不玩摔跤，　　　　455
讓它好輕拂面頰，撩人遐思。
你皮膚白皙，因為你特意
避免陽光，只在暗夜出來，
仗著俊美獵取愛侶[77]。現在
告訴我，你是誰，是那個家族的？　　　　460

77　對舞台人物相當細緻的描寫。第五世紀晚期的風格之一，此時服裝及
　　面具都做得比較個人化，寫實化。在古典時期及更早期的圖畫及雕刻
　　中，戴歐尼色斯尊嚴有鬚。在第五世紀晚期，他無鬚、年輕、嫵媚，
　　容貌富有女性特徵，在希臘化時期更加明顯。

戴歐尼色斯	我不必遲疑，很容易回答。你聽過
	花團錦簇的磨爐斯山吧？[78]
彭休斯	我知道。它環繞著撒低斯城。
戴歐尼色斯	我就從那裡來。利狄亞是我的祖國。
彭休斯	是誰讓你把入教儀典帶進了希臘？ 465
戴歐尼色斯	戴歐尼色斯親自領我入教，他是宙斯之子。
彭休斯	在那裡還有個宙斯能夠產生新神？[79]
戴歐尼色斯	不，是在這裡與色彌妮結婚的那個。
彭休斯	祂強迫你是在夢中，或是醒時當面？[80]
戴歐尼色斯	是當面。祂還給了我祕密的儀典。 470
彭休斯	這些祕密儀典對你們是什麼形式？
戴歐尼色斯	那不能說出來讓未入教的人知道。
彭休斯	那些祕密，對祭祀的人有什麼好處？
戴歐尼色斯	這些值得知道，但告訴你卻違反教規。
彭休斯	你巧言誆騙，只為要引誘我聽下去。 475
戴歐尼色斯	神的秘密儀典把不虔誠的人當成敵人。
彭休斯	既然你說你清楚見過那神，祂看起來怎樣？
戴歐尼色斯	祂愛怎麼樣就怎麼樣。安排這個的不是我。
彭休斯	又是巧妙閃避，說的話絲毫不著邊際。
戴歐尼色斯	你說得再明白，不入門的人還是說你亂講。 480

---

78 參見注17。

79 這當然是質疑、諷刺的口吻。

80 神把祂的意志附加於人，人無從抗拒，無易於為「強迫」。至於方式
則有兩種：在人夢中，或醒時（多為精神恍惚的狀態）。

彭休斯	這是第一個你引進神的地方嗎？
戴歐尼色斯	每個外國人都參加儀典跳舞了。
彭休斯	因為他們的理性遠低於希臘人。[81]
戴歐尼色斯	他們這方面反而高些，只是風俗不同。[82]
彭休斯	你們舉行這些儀典，是在晚上或是白天？
戴歐尼色斯	大多是在晚上。黑暗擁有一種莊嚴。
彭休斯	它富於欺詐和墮落，對於女人來說。
戴歐尼色斯	即使在白天也能發現可恥的行為。
彭休斯	你該為你這種低劣的詭辯受罰。
戴歐尼色斯	你也該，為了你的愚昧和褻瀆。
彭休斯	這個教徒好大膽！又嫻於辭令。
戴歐尼色斯	宣判吧！你要對我做什麼？
彭休斯	首先，我要剪掉你柔軟的長髮。
戴歐尼色斯	我的長髮是神聖的；我為神蓄著它們。
彭休斯	然後，把你手中的常春仗交出來。
戴歐尼色斯	你自己來拿吧！我帶著它是為了戴歐尼色斯。
彭休斯	你的身體我們要關進監牢看管。
戴歐尼色斯	我要的時候，神會親自來釋放我。
彭休斯	不錯，當你和信徒們一起時，你再叫祂吧。
戴歐尼色斯	即使現在，祂就在附近，看得見我的遭遇。
彭休斯	祂在哪裡，呃？我的眼睛什麼都沒看見。

右側行號：485、490、495、500

---

81 彭休斯有很強的希臘文化優越感，當時一般希臘人也有。
82 戴神沒有上注中所提到的優越感，當時的詭辯家中就有這種想法。

戴歐尼色斯	祂在我在的地方，你因為不虔誠才看不見。
彭休斯	把他抓起來！他諷刺我，和底比斯！
戴歐尼色斯	我憑理智告訴你，你沒有理智，不要綁我！
彭休斯	我比你有權威，我偏說要綁！ 505
戴歐尼色斯	你不知道你的生命、你的行為，或你自己是誰。
彭休斯	我是彭休斯，亞格伊的兒子，阿持溫是我父親。
戴歐尼色斯	從你的名字來看，你就容易遭受痛苦。
彭休斯	去吧，把他關到馬槽旁邊！ 好讓他看看那陰沈的黑暗。 510 （對戴神） 那裡跳舞去吧！至於那些女人， 你帶到這裡來作惡的共犯，我們或者 會賣掉她們，或者我先讓她們停止打鼓， 再作我家的奴隸，在織布機上幹活。
戴歐尼色斯	那我就走了。不該經歷的痛苦， 515 我是不會經歷的。至於你，你否認 戴歐尼色斯的存在，為了這個侮辱祂會向你 索取報償的。你冤枉我們，你綁住的是祂。[83]

---

83 在場上的人物並不知道祂就是戴神，所以這句話對他們而言，只表示
一個信徒的信仰：他們的神永遠與他們同在，不會離棄他們。

第二合唱歌(519-575)

歌隊宣稱她們對戴神的信仰，反對對祂的迫害，祈求祂的來臨及保護。此歌承上起下：對以上彭休斯對戴神的懷疑與壓制作了反應；為戴神後面的現身鋪路。

歌隊 （正旋）

亞科羅斯河的女兒、
美麗的少女、戴絲女王啊！[84]　　　　　　　520
在妳的清泉中，妳曾經
接納過宙斯的胎兒！
那時祂父親從不熄的
火焰中把祂奪出，藏在大腿，
喊道：「『重生[85]』啊！」　　　　　　　525

---

84 這是一種典型的祈求模式。戴絲是一條河流，現在被擬人化，成為呼求的對象。歌隊現在到了她的岸邊，希望她能救助戴神，就如她以前一樣。

85 「重生」。戴神被宙斯救出，等於死裡逃生，所以稱她為「重生」，

進入我男性的子宮吧！
我把你顯示給底比斯，
讓它用這個名子稱呼你吧。」
但是，受福佑的戴絲啊！
現在我頭戴常春冠來到　　　　　　　　530
妳的岸邊，妳卻把我推開。
妳為什麼拒絕我？
妳為什麼躲避我？
啊！我憑戴神葡萄串的
喜悅為證，總有一天，　　　　　　　　535
關心妳會對戴神。

（反旋）

好狂怒啊！彭休斯顯露出
他來自地下家族的遺傳：[86]
他是蛇的後裔，他的父親是
從地裡冒出的阿持溫，[87]　　　　　　　540
他一生下來就是個
野蠻的怪物，不是人類。

原文為Dithyrambos，祂兩度出生的神話，參見注2，及注29。

86　前面已經提到彭休斯的家世，這裡強調他的父親阿持溫（意為「蛇人」），藉以說明他的乖張行為來自家傳，以及他與戴神的衝突不可避免，參見995行。

87　參見注2。

現在他像是個殺氣騰騰、
與神抗爭的巨人。
他就要用繩索綁住　　　　　　　　　　545
屬於雷神的我。他
已經把與我同行的
信徒監禁在他
家的黑暗的監獄。
您看到這些事情嗎？　　　　　　　　　550
啊，宙斯之子、戴歐尼色斯！
您的傳播者正在與束縛搏鬥。
主人，來吧！從奧林匹克下來，
揮動您金黃的常春仗，
制止一個屠夫的傲慢。　　　　　　　　555

戴歐尼色斯啊，您是在
'養護野獸的尼撒山，拿著
常春棍，領導著您的信徒嗎？[88]
或是在科瑞西亞的山峰？
是在奧林匹克山　　　　　　　　　　　560
茂林的隱蔽地？在那裡，
奧爾菲斯曾經彈著豎琴，

88　在遭受迫害中，歌隊不知戴神何在，非常焦急，因而想到祂可能到達
　　的一些地方。

用他的音樂聚集了
樹林，也聚集了野獸。[89]
受祝福的披瑞亞[90]啊，　　　　　　　　　　　565
戴神尊重你，
祂會來到妳這裡，
和信徒們一起跳舞，
祂將領導迴旋的信徒們，
涉過湍急的阿西呵斯河[91]，　　　　　　　　　570
又涉過盧狄亞河[92]——那
快樂財富的給予者，
人們尊稱它為父親，
因為它用晶瑩的流水，
使土地富饒、良駒眾多。　　　　　　　　　　575

89　奧爾菲斯。希臘神話和傳說中，將妻子從地獄救出，旋又失去的音樂
　　聖手。他彈琴時，江河停流，山岳震動，野獸馴服、樹林聚集。
90　披瑞亞。神話中有的說奧爾菲斯在此處被殺，也是文藝女神的住處。
　　參見408-410行及注。
91　阿西呵斯河。在馬其頓地區。
92　盧狄亞河。在馬其頓地區，從地下流經該國首都的城牆。劇作家寫作
　　此劇時正在該國居住，為國王上賓，可能因此寫進此河，並趁機恭維
　　一番。

第三場 (576-861)

　　本場分為三個部分：一、宮中奇蹟（576-656）。戴神顯靈，
呼喚信徒，然後吩咐地震女神，撼動地面，宮房因而倒塌起火。
二、第一信使報告（657-786）。他在山中看到女信徒的宗教活
動與奇妙能力。三、戴神誘惑彭休斯（787-861）。國王本要率
兵上山攻擊信徒，戴神說服他換穿女教徒所穿的衣服以便窺看
信徒活動。

　　　　　　　　（場外，聲音洪亮）

戴歐尼色斯　　咿喔！[93]

　　　　　　　　聽我，聽我的呼喚！

　　　　　　　　咿喔！信徒們，咿喔！信徒們！

歌隊　　　　　這是什麼呼喊？這是戴神在

　　　　　　　　召喚我，它從哪裡來的？

戴歐尼色斯　　咿喔！咿喔！我再度呼喚，

　　　　　　　　　　　　　　　　　　　　　　　　　580

93　這是戴神本尊的聲音，不像前面（或以後），是祂化身為人的聲音。

	我，宙斯的兒子，色彌妮的兒子。	
歌隊	咿喔！咿喔！主上，	
	主上，請到您的信徒這裡	
	來吧！雷神啊，雷神！	
戴歐尼色斯	地震女神，撼動地面吧！[94]	585
歌隊	啊！啊！彭休斯的王宮	
	很快就要搖動倒塌了，	
	戴歐尼色斯就在宮中！	
	尊敬祂——我們尊敬祂。	
	啊！你看到嗎？[95]	590
	那些豎樑之上的	
	石的橫樑正在裂開。	
	啊，是雷神在房子裡面歡呼！	
戴歐尼色斯	點燃明亮的閃電火把，燒，	
	燒掉彭休斯的王宮吧！[96]	595
歌隊	啊！啊！你沒有看到火光嗎？	
	你沒有見到，圍繞著色彌妮	
	神聖墳墓的、宙斯的火焰嗎？[97]	
	那是從前祂的轟雷所留下的。	

---

94 地震。從戴神要求地震開始（585行），到樑柱破裂（592行），房屋給雷
電燒掉（595行），進行速度極快。

95 這是歌隊成員的一部分對另一部分在講話。

96 有兩種可能解釋：一、戴神也是閃電之主，可以對它發令呼喚；二、
戴神前面對地震發號施令，現在祂繼續叫地震發出閃電。

97 火光……火焰。參見3-8、及621-627等行。

匍匐下來吧，信徒們！把你們　　　　　　　600
顫抖的身子，匍匐倒地吧！因爲
主上就要來臨，祂要把這房子
倒翻過來，祂，宙斯之子。

戴歐尼色斯　（上，仍爲人形教士，聲音輕柔）
亞洲的女人們，妳們這樣懼怕，
以致還匍匐在地上？[98]妳們似乎感覺到　　605
雷神震塌了彭休斯的王宮。但是
站起來吧！鼓起勇氣，拋下顫抖！

歌隊　最偉大的光輝啊！您的信徒喜極而泣；
在孤獨失望之中，看到您多麼令我高興！

戴歐尼色斯　當我被送進去時，妳們以爲我掉進了　　610
彭休斯黑暗的地牢，是不是感到膽寒？

歌隊　怎麼能不呢？您如果遭殃，誰會來保護我？
但是，您既落入不潔之手，又怎樣獲得自由？

戴歐尼色斯　我自己解脫自己，不費吹灰之力。

歌隊　他不是把您的雙手都綁死了嗎？　　615

戴歐尼色斯　我就是這樣羞辱他。他以爲他在綁我，
其實那只是夢想，他碰都沒有碰到我，
更沒有抓住我。他把我丟進一個牛棚後，
就在裡面找到一頭公牛，用繩索套住牠的

98　匍匐地上是亞洲人習慣性的動作，但是這裡並沒有蔑視亞洲女人的意
　　思。

膝蓋和腳蹄。他怒氣呼呼，緊咬嘴唇，　　　　620
全身汗如雨下，我則坐在附近冷眼旁觀。
這時戴歐尼色斯出現，搖撼王宮，又在
祂母親的墳墓上點燃火光。彭休斯看到了，
以爲宮殿失火，四處奔跑，命令他的奴隸們
取水，每個奴隸雖然都很賣力，但終屬徒勞。625

彭休斯又斷定我已經趁機逃走，於是
拋棄那個工作，抓起一把黑劍趕回
宮中。這時雷神在天井中做了一個
光形——我這樣猜想，這全是揣測之詞——
彭休斯衝向它，戳刺那發亮的空氣，儼然　　630
他在殺我。除此之外，那歡樂之神
還在別的方面羞辱他：把他的王宮
夷爲平地；我的手銬[99]也毀了，他看到了
一定非常痛心。最後由於精疲力盡，他拋下
鐵劍，完全崩潰。哎，一個凡人，竟然敢　　635
和神作戰。我對彭休斯不再關心，就平靜的
離開王宮，來到妳們這裡。但是我聽見房內
有靴子的聲音，他似乎就會來到前面。
經過了這些事情，他又能說些什麼呢？
即使他出言狂傲，我會平靜忍受他的。　　　640

99　手銬。參見357行。

聰明人要能自我控制，脾氣溫和。[100]

彭休斯　　　（從宮中驚惶出來）

我遭受到的太可怕了！剛才被牢牢

鎖住的那個陌生人，現在跑走了。

哎呀，哎呀！

他就是那個人！這是怎麼回事？　　　　　　　645

你既然走了，怎麼又在我的門前出現？

戴歐尼色斯　停下來吧！先把心情平靜下來。

彭休斯　　　你怎麼丟脫鐐鍊，來到外面的？

戴歐尼色斯　有人會放我，這話是我沒說，還是你沒聽？

彭休斯　　　他是誰？你總是岔進新的話題。　　　　650

戴歐尼色斯　他就是讓滿串葡萄爲人成長的那個。

彭休斯　　　這件事好像不錯，其實是對戴歐尼色斯的

指責[101]。我要命令封鎖所有的城門。

戴歐尼色斯　那又怎樣？神難道不能躍過城牆嗎？

彭休斯　　　你聰明，聰明！只是聰明得不是地方。　　655

戴歐尼色斯　在最關鍵的地方，我的聰明是天生的。

（信使進）

先聽聽這個人吧，看他

從山上給你帶來了什麼消息。

我們會在這裡等待，不會逃走。

---

100 戴神（對彭休斯等人是陌生人）對宮房遭雷電、地震毀滅的意見。

101 原文脫落，循意補充。

信使	彭休斯，底比斯的國王，[102]	660
	我是從客賽潤山來的，	
	那裡永遠飄著晶瑩的雪片。	
彭休斯	你帶來的重要信息是什麼？[103]	
信使	那些高貴的信徒瘋癲出城時[104]，她們雪白的	
	四肢像飛矛一般前衝。我看到了她們。	665
	國王，我來是希望向您及城邦報告，	
	她們所作的事情神奇古怪，令人	
	不可思議。我想知道，那邊的新聞，	
	我可以直言無諱呢，或是要加以收斂？	
	因為，國王，我害怕您的躁急性子，	670
	您的火爆脾氣，以及您過度的威儀。	
彭休斯		
	說吧！我不會傷害你的。	
	（不應該對真話生氣）。[105]	
	你的教徒故事越是可怕，	
	對教導婦女法術的那個人，	675
	我的懲罰也會越是可怕。	
信使	當時朝陽剛散放出光芒	

---

102 信使。是個牧牛人，參見714行。

103 彭休斯不願聽信使多講廢話，所以打斷了他，直接問到要點。

104 高貴……瘋癲。希臘原文兼有「神聖」及「野蠻」兩種意義，英文譯文也有holy及wild兩種字眼。這種現象，正像巫婆或乩童有「靈」附身後的情形。

105 衍文。

溫暖大地，放牧的牛群
正爬向山上的高地，我看見
三組婦女教友，帶領第一組的 680
是歐脫娜伊；第二組的是亞格伊，
您的母親；第三組的是伊娜。[106]
她們都在沈睡之中，身體鬆弛，
有的背墊著樅樹樹葉，有的把頭
隨意枕在地上的橡樹樹葉上。 685
但是她們都清爽有節，不像
您所說的，飲酒致醉，耽於笛聲，
在樹林的隱密處尋歡做愛！

當你母親聽到了牛的鳴聲，
她就從信徒中站起，揚聲呼喚， 690
叫她們從沉睡中起來。無論是年長
或年輕的婦女，或是未婚的少女，
她們都從眼睛趕走睡意，輕盈跳起。
她們一致的行動看來真是奇觀。
首先，她們把頭髮放落肩頭， 695
束緊已經鬆散了的鹿皮吊帶，
再用蛇來繫緊有斑點的腰帶，[107]

---

106 她們三姊妹依次為：伊娜、歐脫娜伊、以及亞格伊。參見注2。
107 蛇腰帶只是儀典上的需要，並無實際功能。至於蛇所舔的，此處譯為
　　信徒的「面頰」，也可譯為「下頜」，即蛇所舔的是它自己。

讓它們舔著面頰。一些新生產的母親，
嬰兒留在家裡，乳房仍然飽滿，
於是在手臂中抱起一頭幼鹿　　　　　　700
或者小野狼，讓它們吸吮白的奶汁。
她們在頭上繞上常春藤、橡樹枝、
或者盛開的洋菝葜。有個女人，
用常春棍敲打一塊石頭，從那裡
就有一泓清冽的泉水噴起。　　　　　　705
另一個把她的常春仗插到地面，
從那裡神為她送上一座酒泉。
那些渴望喝奶的人用手指
指尖挖地，就獲得了溪流般
潔白的奶汁；還有純蜜從她們的　　　　710
常春棍源源滴下[108]。如果您在那裡，
看見這些事情，您一定會用
祈禱迎接您現在所責怪的神。

我們放牛趕羊的人聚集一起，
競相討論她們所作的奇妙之事。[109]　　715
有個傢伙曾在城市混過，
他花言巧語對大家說：

---

108 這些奇蹟，參見142-143注及導讀。
109 與667行文字相近，可能誤植。

「哦，你們住在山上聖峰的人，
願不願意從這些狂歡者中，
抓出彭休斯的母親亞格伊，　　　　　　　720
藉此來向主上邀功？」
我們同意了，就躲進灌木叢中
埋伏。她們在約定的時刻，
就舉起常春仗開始儀式，同聲
歡呼雷神為「呼叫之神，宙斯之子！」[110]　725
整個山脈、所有野獸都融入了
慶典，沒有東西靜止不動。

剛好亞格伊在我的附近
跳躍，我就捨棄了藏身的
灌木叢，跳出來想捉住她。　　　　　　　730
她於是大叫：「我敏捷的獵犬們，[111]
這些男人要捕捉我們。跟著我，
帶著常春仗的武器跟著我。」
我們如是逃跑，以免被撕為碎片。
她們就空手攻擊吃草的牛群。　　　　　　735
您如果在場，就會看到有個

110 呼叫之神。原文為伊阿可斯(Iacchus)意義是「叫喊」，是酒神在雅典
　　及Eleusinian地區的稱號。戴神的另一名號為雷神，意思是「咆嘯」，
　　也與現譯接近，參見注66。
111 獵犬們。指跟隨她的戴神門徒，她們都有打獵的技能。

信徒，把一頭吃飽在叫的
小牛用她的雙手撕裂。在同時，
其它的女人則把一些壯牛
撕成碎片。你會看到肋骨　　　　　　　　　740
或裂蹄被上下亂丟，有的
懸掛在松枝下面，血肉模糊。
那些本來野性強大、滿角
憤怒的牛，都被年輕女人們
以無數的手扳倒在地；　　　　　　　　　745
它們血肉的外裘速被撕裂，
比主上您眨眼的時間都快。

然後她們像鳥一樣，飛快穿過
阿梭扑斯河沿岸，那一帶的平原，
為底比斯帶來豐饒的穀產。　　　　　　　750
像敵人一樣，她們衝向
客賽潤山麓的咳斯阿，以及厄瑞斯瑞
兩個村莊，搶劫所有的東西，
連孩子都從家庭帶走。[112]
她們放在肩上的東西，　　　　　　　　　755
未加捆綁，也不掉落。[113]

---

112 搶劫村莊及孩子。這些行為，教徒早期有過，劇本寫作時，有的人可
　　能還能記得。
113 此行尚有「地面，銅的也好，鐵的也好」，疑為衍文。

她們的頭髮上頂著火光，

可是它並未燒傷她們。村民們

被搶以後，憤怒中訴諸武力。

主上，那後果看起來令人驚異。[114]   760

男人尖頭的標槍刺不出血，[115]

但女人手中丟出的常春仗

卻能傷害他們，使他們掉頭逃竄。

女人這樣大敗男人，一定有神參與。[116]

然後她們回到原出發地，   765

那裡有神爲她們所開的噴泉。

她們把血洗去；她們面頰上的

血點，有蛇用舌頭舔個乾淨。

我的主上，不論這個神是誰，

接納祂[117]到我們的城市吧！   770

因爲祂不僅在這些方面偉大，

而且我還聽說，祂賜給人解憂的

葡萄。假如沒有美酒，也就沒有

愛情，或任何其它的賞心樂事。[118]

（出場）

---

114 括弧中文字疑爲衍文。

115 此行後尚有「無論是銅是鐵」，疑爲衍文，或原文有脫落。

116 搶劫村莊是有關戴神信徒傳統的一部分，並非作者新編。

117 接納祂。依照慣例，信使一般都在長篇報告後作一個結論。

118 美酒。信使相信酒的功能，這和先知的看法一致(274-283)。這也是
    當時最普遍的看法：酒是生命旺盛的神祕泉源。

歌隊	我害怕在暴君面前直言，	775
	但還是要指出，戴歐尼色斯	
	不遜於任何神祇。	
彭休斯	這些信徒的桀傲暴力，	
	像火一樣燃燒到了近旁，	
	使希臘蒙羞[119]。不能再猶豫了[120]。	780

（轉向隨從）

立刻到伊勒克門[121]去，命令
這些人集合：所有持盾牌的，
騎快馬的，舞輕甲的，
以及挽弓箭的，因為我們要與
教徒作戰。在女人手中忍受   785
我們所忍受的，真是太過分了。

（隨從下）

戴歐尼色斯	彭休斯，你聽見了我的話，卻一點
	都不遵守。即使你這樣輕視我，
	我還是要勸告你：不要跟神作對，
	安靜下來吧。雷神不會讓你把祂的 790

---

119 使希臘蒙羞。彭休斯認為酒徒們的行為使底比斯丟臉。他的民族自尊
感參見483行。

120 聽完信使的報告後，彭休斯怒氣更盛，以前他只要逮捕信徒(231)，
現在他要「大開殺戒」(797)。信使已經說明武力對信徒無用，可是
彭休斯仍然要動員軍隊攻擊，可見他已經喪失理性和判斷能力，這樣
他很容易就陷入戴神圈套，遭到毀滅。

121 伊勒克門。底比撕城的南門，通往客賽潤山，所以很自然成為集中點。

	信徒們從這些歡唱的山脈趕走的。	
彭休斯	你不能停止說教嗎？你才逃出束縛， 何不安保自由？不然，我要再度懲罰你。	
戴歐尼色斯	我會給神祭獻，不會對祂憤怒，一個 凡人與神作對，就像用赤腳去踢尖棒。	795
彭休斯	祭獻？我會的：在客賽潤的峽谷中， 對那些咎由自取的女人，我會大開殺戒。	
戴歐尼色斯	你們將會被打得落荒而逃。丟人啊！ 銅盾居然敵不過信徒們的常春仗。	
彭休斯	我們遇到的這個外地人真是難纏， 無論是受苦或主動出擊，他都不會安靜。	800
戴歐尼色斯	陛下，這一切還可以妥善安排。	
彭休斯	要怎麼做？讓我當我奴隸的奴隸嗎？	
戴歐尼色斯	不用暴力，我將把那些女人帶到這裡。	
彭休斯	哎呀！你在設計圈套陷害我。	805
戴歐尼色斯	我只在想辦法拯救你，哪有什麼圈套？	
彭休斯	你們串連好了，要把儀典永遠延續。	
戴歐尼色斯	的確如此，但是與我串連的是神。	
彭休斯	你不要再說了。把我的武器拿來！[122]	
戴歐尼色斯	慢著！[123]	810

---

122 這是戴神想用和平手段解決爭端的最後努力。祂愈真誠，彭休斯就顯
　　得愈驕傲、頑固。

123 慢著。原文是 Ah！英文有時譯為 stop。這裡是全劇的轉捩點（the turning
　　point of the play）。上行彭休斯講完轉身就要走，戴神急忙止住他。

	你要看看她們在山上坐在一起嗎？	
彭休斯	當然要，我願意付出很多的黃金。[124]	
戴歐尼色斯	你怎麼會有這樣強烈的願望呢？	
彭休斯	看到她們醉酒我很難過。[125]	
戴歐尼色斯	即使令你難過的事情，你還要看嗎？	815
彭休斯	當然，悄悄的坐在樅樹下面。	
戴歐尼色斯	即使你偷偷的去，她們仍會查出來的。	
彭休斯	你說得不錯，那我就公開去吧。	
戴歐尼色斯	你踏上旅程，要我們領導嗎？	
彭休斯	盡快領我去吧，我討厭任何耽擱。	820
戴歐尼色斯	那麼先穿上一件亞麻長袍吧！[126]	
彭休斯	什麼？要我從男人變成女人？	
戴歐尼色斯	她們如果發現你是男人，就會殺你。	
彭休斯	這點很對！你真是聰明，一直都是！	
戴歐尼色斯	這全都是戴歐尼色斯訓練我們的。	825
彭休斯	你給我的建議，要怎樣實行才能成功呢？	
戴歐尼色斯	我進宮裡去，幫你換上衣服。	
彭休斯	什麼衣服？女人的嗎？但是我感到羞恥！	
戴歐尼色斯	你現在不再急於去看那些信徒了嗎？	

祂的忍耐、妥協、勸導全無效果，如是祂改變策略。

124 「付出……黃金。」他主動提出鉅額黃金的報酬問題，可能是出於他
　　對神祕事情的嚮往。但他這樣非常突兀的反應，顯示他的心裡已經失
　　去平衡。

125 戴神假意問他一句，彭休斯急忙找出一個動聽的理由。

126 「亞麻長袍」。當時只有女人和祭司穿著這種衣服。

彭休斯	關於衣服，你建議我穿什麼？	830
戴歐尼色斯	首先，我要把你的頭髮放長。	
彭休斯	然後我的第二件裝扮又是什麼？	
戴歐尼色斯	一件到腳長袍，頭上配上飾帶。[127]	
彭休斯	這些東西之外，你還要給我什麼？	
戴歐尼色斯	手中的常春仗，身上的斑點鹿皮。	835
彭休斯	我不能穿上女人的衣服！	
戴歐尼色斯	你要是和信徒們作戰，就會流血。	
彭休斯	不錯，我必須先去偵查。	
戴歐尼色斯	這的確比以暴制暴要聰明多了。	
彭休斯	我怎麼出城，才能不被眾人注意？	840
戴歐尼色斯	穿過無人的街道就好。我來引導你。	
彭休斯	只要不讓信徒們譏笑我就好。	
戴歐尼色斯	進到屋子去……[128]	
彭休斯	我要斟酌一下什麼是最好的。[129]	
戴歐尼色斯	好的。不論你決定的是什麼，我都準備好了。	
彭休斯	那我就進去了。我或者領軍前進，	845
	或者依照你的計畫。	

（出場）

戴歐尼色斯	女人們，這個人正被引進圈套。

---

127 「飾帶」。當時希臘女人所戴的頭飾。
128 中有漏文。
129 彭休斯假裝他仍要考慮，但戴神知道他會換裝出發。

他會去女信徒們那裡，受到死的懲罰。

戴歐尼色斯，現在是你的工作了，你該就在

附近吧，讓我們對他報仇。首先，要讓他　　　　850

神智不清，因為他只要理智還在，[130]

就永遠不願穿上女人的衣服。

但是一旦喪心病狂，他就會了。

他在威勢逼人之後，再像女人一般

被帶出城，我希望他遭到底比斯的　　　　　855

嘲笑。現在我要讓彭休斯

穿上的衣服，就是他母親親手

殺死他以後，他走到陰府[131]所穿的那套。[132]

他將要發現，戴歐尼色斯、宙斯之子，

生來就是入教儀式的神，[133]　　　　　　　860

祂最為恐怖，但是對人類也最為慈祥。[134]

（出場）

---

130 參見977行。

131 「陰府」。希臘人相信人死後會進入的地方，就是Hades。

132 「衣服」。希臘人死後埋葬時的服飾，可以和日常生活中的一樣。

133 「入教儀式」。祂不僅生來就是神，祂還可以舉行儀式，收納教徒。

134 「恐怖……慈祥」。這正是戴神的雙重性，毀滅與和平並存於一身。

第三合唱歌(862-911)

經過上面的變化，歌隊現在恢復了對戴神的信心，期待一個和平幸福的生活。她們探詢什麼是智慧，又表示神的力量運作雖然緩慢，但終能伸張正義。最後她們認為快樂是內在滿足，不假外求。

歌隊　　　　　　　　　　（正旋）

何時我才能夠赤著白足，

在信徒的歡聚中跳舞

終宵，然後再舉頭後仰，

迎接沾滿露水的空氣，　　　　　　　865

就像一隻小鹿[135]，嬉戲在

芳草如茵的牧場？它已經

脫離了恐怖的圍獵，

拋開了編織牢固的

---

135 信徒自比為小鹿很自然，因為她們身繫鹿皮。

網罟，以及看守它的人。　　　　　　　870
獵人吆喝獵犬追趕，
小鹿奮力加速步調，
旋風般到達水邊的
草地，在空曠無人中
陶然自得，旁邊是　　　　　　　　　875
綠葉如蓋的密林。

（覆唱詞）

什麼是智慧[136]？ 或者，
在神的賜與中，
有什麼好過把鐵腕
放在敵人的頭上？　　　　　　　　880
榮譽永遠是珍貴的。

（反旋）

神的力量運作緩慢，
但仍足以信賴。那些崇拜
傲慢冷酷[137]，愚昧固執，

---

136 什麼是智慧，在897-901行還會出現。因為對原文文字的校勘意見不
　　同，學者對全段也有不同的註釋。按照本劇現譯，歌隊贊成征服敵人，
　　獲得榮譽。在心理或動機上，歌隊持此立場有其連貫性：她們一直受
　　到打壓，現在有反擊的機會，於是希望能夠勝利，獲得榮譽，那既是
　　神對人最好的恩賜，也是人應該珍惜的事情。另一種詮釋，參見導讀。
137 本為一種觀念或性質，此處說有人把它當成神一樣崇拜。

對神物不去發揚光大的人，　　　　　　　885
神的力量都要清算。
祂們用巧妙的方式，
掩蓋時間¹³⁸悠長的腳步，
去獵捕褻瀆的人。
在思想上和行為上，　　　　　　　　　890
人永遠不應該高於法律。¹³⁹
所有神聖的、所有
長期存在而合法的、
永恆的，自然的東西
都具有力量——　　　　　　　　　　　895
相信這點，代價輕微。

（覆唱詞）

什麼是智慧？或者，
在神的賜與中，
有什麼好過把鐵腕
放在敵人的頭上？　　　　　　　　　　900
榮譽永遠是珍貴的。

---

138 掩蓋時間，把時間擬人化，而且視為神的助手，讓祂暗中從容調查。
139 原文還有傳統(tradition)及成規(convention)兩種意義。除劇情需要外
　　(包括批評彭休斯一意孤行)，也可視為在間接批評當時雅典的獨裁
　　者。

（終結篇）

逃脫海上的風暴、安抵
港口的人是快樂的；
超脫痛苦的人是快樂的。
每個人以不同的方式，　　　　　　　　　　905
在財富和權力上超越了
另一個。千萬個人抱持著
千萬個希望，有的
成功，有的空手消失，
但日復一日，生活快樂的人，　　　　　　910
我認爲他得到了天佑。[140]

---

140 日復一日，生活快樂。這是信徒的看法：生活的快樂在此時此地，不
　　在未來或別處；在內在的感受，不在追求財富或權力。

第四場(912-976)

　　彭休斯接著換上女裝後出現。他看到雙重影像，又顯出自大狂的幻覺。戴神預言他的慘死，他不懂，只預見自己的凱歸。在他出發上山之前，戴神對山中信徒發出指令，準備「一次偉大的競賽」。

戴歐尼色斯　　（進場）
　　　　　　　你急於去看你不該看的東西，
　　　　　　　搜尋你不該搜尋的事，你，彭休斯，
　　　　　　　到王宮前面來吧。你要去窺探你的
　　　　　　　母親和她伴侶，讓我看看，你的穿戴　　915
　　　　　　　像不像一個女人、一個著了魔的教徒。
　　　　　　　（彭休斯進場。）
　　　　　　　呀！你看起來真像卡德穆斯的女兒。
彭休斯　　　的確，我似乎看到兩個太陽，兩個

	有七座城門的底比斯[141]！你在我	
	前面領導，就好像一條牛，現在頭上	920
	似乎長了角[142]。你以前是頭野獸嗎？	
	因為你現在的確變成一條牛了。	

戴歐尼色斯 神以前並不友善，現在卻成為旅伴
和盟友；現在你看到你應該看到的。

彭休斯 我看起來怎麼樣？我站的樣子像不像 925
伊娜阿姨、或我的母親亞格伊？

戴歐尼色斯 看到你，我似乎看到她們本人。
你的這絡頭髮給弄亂了，不像我
替你壓在飾巾下面的樣子。

彭休斯 我在裡面像教友一樣活動， 930
把它前後晃動，於是就弄亂了。

戴歐尼色斯 既然照顧你是我的工作，
我要把它放回去。把頭伸直[143]。

彭休斯 好嘛，打扮我吧！我全靠你了。

戴歐尼色斯 你的腰帶鬆了，腳踝下面的 935
裙褶也歪掉了，穿的不正。

彭休斯 我也這樣覺得，至少在右腳這邊。

---

141 彭休斯看到雙重影像。

142 這兩行顯示彭休斯認識到，戴神像一條有角的牛。這是牠的特色。參
　　見：牠「變成一頭牛」現身(1017行)；在已勝利之後，她們又回憶「由
　　一頭牛作為戴神出生時，是「一個長著牛角的神祇」(100行)；在危
　　難時，牠的信徒們希望災難的領導者」(1159行)。

143 也許他這時仰著頭，模仿信徒的姿態。

	不過在這邊的後跟,長裙倒很挺。	
戴歐尼色斯	當你意外發現,信徒們自律很好時,	
	你一定會把我當成最好的朋友。	940
彭休斯	我要怎樣拿著常春仗,才更像一個	
	入教的信徒?是用右手呢還是這手?	
戴歐尼色斯	你必須用右手舉起它,右腿同時	
	配合。恭喜你如此改變了心意。	
彭休斯	我能夠把客賽潤山谷,連同	945
	那些女信徒們,一齊扛在肩上嗎?[144]	
戴歐尼色斯	如果你想要,你就能夠。你以前的心態	
	不是很健康,但現在的正是你應該有的。	
彭休斯	我們要帶橇棍去嗎?或者我在山峰下面	
	放進一個肩頭或手臂,憑空就可掀起?	950
戴歐尼色斯	你可不要去破壞山上精靈的靈地,	
	以及潘恩吹奏笛子的居所。	
彭休斯	說得很對,不能靠暴力對付女人。	
	那我就隱藏在松樹之中吧。	
戴歐尼色斯	你狡詐的要去窺伺密教教徒,	955
	該按照你應該掩藏的方式掩藏。[145]	
彭休斯	真的!我猜想她們像樹林中的	
	小鳥一樣[146],在最歡快的情網中做愛!	

---

144 彭休斯自覺滿富神力,但其實完全出於他自大狂的幻覺(megalomanic delusions)。

145 原文「掩藏」兼有「埋葬」之意,重複出現,形成預警。

戴歐尼色斯	你去那裡，不正是爲了預防這個嗎？
	你或能抓個正著，假如你不先被抓。 960
彭休斯	領我穿過底比斯的市中心吧！[147]
	只有我這個男人才敢做這種事情。[148]
戴歐尼色斯	你單獨一人肩負著全城的重擔，[149]
	一些適合於你的競爭正等待著你。
	隨我來吧。我將安全的護送你到那裡， 965
	但是另一個人會帶你回來。
彭休斯	我的母親！[150]
戴歐尼色斯	所有的人都會注視你……
彭休斯	這正是我去的原因。[151]
戴歐尼色斯	你會被帶回來……

---

146 將信徒們比做飛鳥，參見748行（她們像鳥一樣）及1090行（快如飛鴿的奔跑）。

147 除劇情繼續之外，這段還隱含儀式的「入城式」：神像被抬出城，然後由信徒護送進城，重演祂最初進城奠定宗教的歷史。為了達到明顯與隱含的雙重效果，有些字有多重意義，形成晦澀。

148 他自以為是英雄，但他忘了他穿的是女人的衣服。

149 重擔。原文有「勞動」(labor)及「受難」(suffer)兩個意義。對彭休斯，這個重擔是去窺看、進而制裁不法的女人，維護城邦的道德；但對一般觀眾，這重擔像十字架，彭休斯要單獨肩負。參見1310「一個人」強調他的獨一無二。他將成為全城的「贖罪者」(pharmakos)或「贖罪羔羊」(scapegoat)。像類似他的人或神一樣，他在被犧牲之前，要受到羞辱和攻擊。於是，戴神有意讓他受到全城的嘲笑（855-856行），他將被眾人投擲石塊、樹枝和常春仗（1096-1099行）。

150 彭休斯最關心的是他母親，所以激動中脫口而出，參見926行。

151 這些是「短短行」，即一行由兩人分說，節奏加快，顯示彭休斯的激動。在內容上，戴神在預言他的慘死，他卻預見自己的凱歸。

彭休斯	你說的對我是種奢侈！
戴歐尼色斯	在你母親的懷抱裡。
彭休斯	你簡直要把我寵壞了！
戴歐尼色斯	照我的方式寵壞。
彭休斯	當然，我也可受之無愧。[152]
戴歐尼色斯	驚人，你這個驚人的人，你將要遭遇

驚人的經驗，贏得高聳入雲[153]的榮譽！
伸開妳的臂膀吧，亞格伊，還有妳們——
她的姐姐們、卡德穆斯的女兒們！[154]我送這個
年輕人到一次偉大的競賽[155]，但得勝者
會是我和雷神[156]。其餘的事，等著瞧吧。

（出場，彭休斯隨）

970

975

---

152 戴神是說他被砍下的頭，被抱在你母親的懷抱裡；他卻以為是正常情
    況下，母親寵愛孩子的動作。
153 高聳入雲。這是史詩中的辭彙，但這裡它不僅是種比喻，後來他藏深
    之處會「高聳入雲」（1064行），「高聳空中」（1073行）。
154 這是戴神對山中信徒的指令；她們能夠聽見。
155 這個年輕人提醒我們他只是一個青年，一個大孩子；他在前面十幾行
    中對母親的依戀確是如此，因而他的行為較為可恕，他後面的遭遇將
    更為可憫。假如只強調他是國王，是暴君，我們的觀感會大為不同。
156 我和雷神。是主詞，但它的動詞是單數，可見在戴神口中，兩者此時
    已合而為一，祂不再假裝只是個「陌生人」。

第四合唱歌(977-1023)

歌隊呼求戴神及正義之神現身，毀滅上山窺看信徒的彭休斯。

歌隊　　　　　　　　　　（正旋）

去吧！瘋狂之魔[157]、敏捷的獵狗們啊，
到山上去[158]！卡德穆斯的
女兒們正在那裡聚會。
驅使她們瘋狂的對付　　　　　　　　　980
那個密探吧！他穿著女人衣服，
喪心病狂來窺伺教友。

---

157 瘋狂之魔。原文是利撒(Lissa)，祂是個魔神，行獵時總帶著一群獵
　　犬。祂能進入人體，使其瘋狂，甚至在瘋狂中殺人。利撒前已經進入
　　彭休斯體內(851行)，現在歌隊呼求她的獵犬上山，進到彭休斯母親
　　等人體內。
158 到山上去。可能是儀典中的指令，參見116行注。

他母親會首先發現他在
一塊平滑的岩石或高處窺看，
於是對信徒們叫道：「啊，教友們，　　　　　985
那人是誰？他在探看
卡德穆斯的女人們在山中奔跑，
他到山上來了，到山上來了[159]。
是誰生下了他？因為生他的
一定不是女人，而是一頭女獅[160]，　　　　990
或者他是利比亞蛇髮怪獸的後裔[161]。」
讓正義現身吧！讓她
帶著利劍，刺進他的
喉管。他無法無天，
心性邪惡，他，阿持溫　　　　　　　　　995
從地上冒出的兒子。

（反旋）

*對於神祕儀式和你的母親[162] *[163]
他心態瘋狂，精神錯亂，用不公的
判斷與踰矩的怒氣，企圖用暴力

---

159 這些重複，可能來自儀式的根源。
160 彭休斯的母親，正是把他當成獅子才殺死了他。
161 當時一般相信，不人道的行為意味非人類的生命來源。
162 「你母親」指戴神之母色彌妮。
163 「＊」起訖處表示中間希臘原文現存版本的字彙與文法均問題重重，
　　以致意義很難掌握。現有譯文頗多揣測，是否得宜尚待進一步研究。

去主宰那個不能被征服的東西。　　　　　　　　1000
*關於神明之事，
死亡是個毫不猶豫的老師，
(教導)人要意見溫和。
行為合乎人道，使生活免於憂患。
我並不嫉妒聰明，我也喜歡　　　　　　　　　1005
獵取其它偉大而且
明顯的東西，使生命
流向美好，丟棄所有*
不合正義的風俗，從早到晚
用純潔、虔誠去敬神。　　　　　　　　　　　1010
讓正義現身吧！讓她
帶著利劍，刺進他的
喉管，他無法無天，
心性邪惡，他，阿持溫[164]　　　　　　　　　1015
從地上冒出的兒子。

（終結篇）

現身吧！讓我們瞻仰到
一頭牛、一條多頭蛇，或
一頭噴火的獅子[165]。

---

164 原文少一行。
165 歌隊呼求戴神以祂禽獸的形貌現身，去攻擊她們的攻擊者。神用獅、
　　牛、蛇等等化身攻擊敵人的故事，在以前的希望文學中已經出現。

去吧,雷神,您這頭野獸, 　　　　　　　1020
這個捉補您信徒的人,當他跌倒
在成群信徒[166]中間時,帶著笑臉[167],
在他身上丟下致命的索套。

---

166 成群信徒(herd of maenads)。信徒此時被視為野獸,如牛羊般集結「成
　　群」。
167 帶著笑臉。參見438-439行:「他笑著告訴我們綁住他」。

第五場（1024-1152）

　　第二信使進場，向歌隊報告彭休斯已經死亡。迫害她們的暴君既死，歌隊當然感到紓解與高興，但作為彭休斯跟隨的信使卻不以為然，他說：「妳們這些女人幸災樂禍，未免不好」（1040行）。在這種平衡的呈現中，我們聽到國王慘死的詳細描寫，它是戲劇史中有名的佳作。

第二信使　　（第二信使進場）

　　　　　　　這個家族[168]！你一度在全希臘是多麼幸運[169]，　1024

　　　　　　　我為你哀傷，雖然只是個奴隸，但是……[170]　1027

歌隊　　　　是什麼事？你有信徒們的消息嗎？

第二信使　彭休斯、阿持溫的兒子給毀滅了。　　　　　　　1030

歌隊　　　　啊！我主雷神，您顯出您是偉大的神！

---

168 信使最關心不是個人；全劇也是以家族的毀滅結束。

169 衍文未譯。

170 衍文未譯。

第二信使	妳是什麼意思？妳爲什麼那麼說？
	女人，妳爲我主人的痛苦高興嗎？
歌隊	我是外地人，我不再因銬鍊而恐懼了，
	我欣喜若狂，我要唱外地的歌。

1035

第二信使	難道妳以爲底比斯如此無人，
	（以致敢於這樣肆無顧忌嗎？）[171]
歌隊	是戴歐尼色斯，是戴歐尼色斯，
	不是底比斯，才有力量管得著我。
第二信使	這點可以了解，但女人啊，
	幸災樂禍終究是卑鄙的事。

1040

歌隊	告訴我發生的事，詳細描寫出
	這個多行惡事的惡人[172]是怎麼死的。
第二信使	彭休斯和我——我陪伴著我的主人，
	還有那位護送我們去觀看的外地人[173]，
	一同走過了底比斯最邊遠的

1045

	住所，渡過了阿索扑斯溪，
	進入了客賽潤的山岩荒原。
	我們首先在一個多草的峽谷坐下，
	爲了能夠窺看別人而不被看見，
	我們盡量讓口和腳都不發出聲音。

1050

	那裡有個峽谷，周圍峭壁環繞，

---

171 括弧中文循意補充，行數不計。

172 「惡事……惡人」，原文爲adikos adika，字根及字音相近。

173 信使沒有認出這「外地人」就是戴神。

中間流水彎彎，上面有松樹覆蓋。
戴神的女信徒們就坐在那裡，
雙手高興的忙著：有的人常春仗
已經損毀，正在纏上常春藤枝； 1055
有的像剛剛卸下有圖形肩軛的幼馬，
正在彼此對唱著戴神之歌。
可憐的彭休斯看不到那些女人，
於是說道：「陌生人，從我們站的地方，
我目力不能達到那些偽善的女信徒們， 1060
但我若是登上山坡，再爬上一棵高聳的
樅樹，就能清楚看見她們可恥的勾當。」
這時我看到那個外地人大行奇蹟。
他抓住一根樅樹的、高聳入雲的頂枝，
拉它，一直拉、拉[174]，直到它碰到黑的土地。 1065
它開始形成一個圓圈，像一張弓，或是
用繩索的圓規所描成的弧形。就這樣，
那外地人用手拉引，硬是把那顆山樹
彎到地上。那不是人力所能做到的行為。
他把彭休斯放在樅樹樹頂，然後 1070
讓樹枝緩慢平順的從手中伸直，
以免它把他拋了出去。於是當它

174「拉它，一直拉、拉」，原文三字重複連用，在悲劇罕見，但反映拉
　樹枝的緩慢情形甚為傳神。

開始筆直高聳空中時，我的主人
仍然安全坐在上面。但是他無法
看見信徒，反而被她們看見。　　　　　　　　　1075
當他坐在那裡剛被看見的時候，
那個外地人就不見了，同時有個聲音
從天而降，大概是戴歐尼色斯的，
它大聲說：「年輕的女人們！這就是
嘲笑過妳們和我，還有我的儀式的　　　　　　1080
那個傢伙，對他報復吧！」
當祂在說這些事情的時候，天地之間
突然升起一抹聖火的亮光[175]，
天空隨之靜肅，谷中的每片葉子都
沉寂下來，你也聽不到野獸的叫聲。　　　　　1085
那些女人們沒有聽清楚那呼喚，
於是都站起身來，四處觀望。
他再度給予命令。卡德穆斯的女兒們，
以及所有的信徒明白雷神的
命令以後，便快如飛鴿的奔跑。　　　　　　　1090
她們在神的感召下狂熱起來，
躍過湍流穿過的峽谷和碎石[176]。

---

[175] 神話中天神顯靈時，往往有閃電伴隨，參見《新約》：「因為人子在
　　祂降臨的日子，好像閃電從天這邊一閃直照到天那邊」（路加福音第17
　　章24節）。

[176] 衍文刪除。

當她們看見我的主人高棲在　　　　　　　1095
樅樹上時，就爬到對面的石頭上，
用力向他丟擲石塊，然後向他投射
樅樹的樹枝，如同標槍。還有一些人
向空中對彭休斯投擲常春仗。
他們都沒法達到那可憐的目標，　　　　　1100
因為那可憐的人坐的高度，超越了
她們的熱情，但是他也無法逃走。
最後她們要撬起樹根，她們
雷霆萬鈞，用的是橡樹樹枝，
不是鐵的槓桿。當這一切都　　　　　　　1105
徒勞無功時，亞格伊說道：「信徒們，
圍成一圈，抓住枝幹，以便捉住這
爬樹的野獸，免得他洩露我神
舞蹈的祕密。」於是，她們用
無數的手抓住樅樹，把它連根拔起。　　　1110
彭休斯坐得很高，就從高處跌了
下來，倒摔在地上，頻頻呻吟，
因為他知道災難已近。他母親
是祭司，於是第一個開始屠殺[177]。
他從頭髮上扯下纏頭，好讓　　　　　　　1115

---

177 整個彭休斯的死亡過程像是一個宗教的犧牲儀式，他是祭品，他的母
親是祭司。

可憐的亞格伊認識他而不殺他。

他捧住她的面頰[178]，說到：「看，母親，

是我，彭休斯，您的孩子，您在

阿持溫的家中生的。母親，可憐我吧，

不要因爲我的過失[179]，就殺死您的   1120

親生子。」但是她口吐泡沫，

扭曲的眼球劇烈轉動，在戴神的

掌控之下，她一點都聽不進去，

按照她應該的方式思考。

她用雙臂抓住他的左手，她的   1125

一隻腳抵在那可憐人的勒骨上，

她扯脫了他的肩膀，不是靠她的力量，

是神在她手上，特別賜予了的輕易。

伊娜正在破壞他的另一邊，撕裂

他的皮肉；還有歐脫娜伊等全部信徒   1130

都攻擊他[180]。然後大家同時喊叫：他的是

持續哀號，直到嚥氣；女人們的則是

勝利的歡呼。有一個拿著一條手臂，

另一個拿著一隻腳，上面仍然穿著

靴子。他的肋骨幾被利爪挖空，   1135

---

178 捧住面頰是典型的祈求行動。

179 過失。就是亞里斯多德的harmatia的複數形式。彭休斯在臨死之前，
    承認過失是一種覺悟，更顯示他完全恢復了理性思考。

180 伊娜和歐脫娜伊，都是亞格伊的姊姊，彭休斯的姨媽。

女人們個個血手淋淋，把他的肉
當成球丟來丟去。彭休斯的殘軀
被四處撒散，有的在峻崖之下，
有的在深林的枝葉之間，找尋不易。
他可憐的頭，剛好由他母親用手撿起，　　　　　1140
插在常春仗的頂端，她離開她的姐姐們
和跳舞中的信徒，帶著它穿過
客賽潤山，好像它是一隻山裡的獅子。
她因為這不幸的獵獲物而興高采烈[181]，
歡呼雷神是她打獵的夥伴、　　　　　　　　　1145
捕殺的聯盟，勝利的賜與者，
經由祂，她贏得了眼淚作為
獎賞。亞格伊正在走向城內，
在她回來之前，我要離開，避免
這個災難。最好的還是中庸之道，　　　　　　1150
尊敬神明的事物；我想這也是
人類可以善用的最聰明的財富。

---

181 歌德認為本劇是尤氏最好的劇本，特別把此段譯為德文，作為範例。

第五合唱歌(1153-1164)

第五合唱歌（1153-1164）全劇趨向高潮，歌隊唱歌跳舞慶祝戴神的勝利。1158-1159。由一頭牛做為災難的領導者。

歌隊　　　　　讓我們爲戴歐尼色斯舞蹈！

讓我爲們彭休斯的災殃高歌！

這個蛇的後裔，穿著女裝，　　　　　　　1155

拿著由茴香棍變成的美好的

常春仗，一定會到達陰府[182]，

由一頭牛做爲

他災難的領導者。

底比斯的信徒們[183]，你們完成了　　　　1160

著名的凱歌[184]，但它的結局

---

182 彭休斯必然進入陰府，但憑著他所穿戴神信徒的服飾，他會獲得優裕。
　　參見導讀。

183 指底比斯新加入的那些信徒，如彭休斯的母親和姨母。是她們剛剛殺
　　死了彭休斯。

卻是哀嚎，是眼淚[185]。
多美好的競爭啊[186]！
讓手滴著孩子的血[187]。

---

184 完成了著名的凱歌。戴神與彭休斯的抗衡一直被視為「競爭」(參見1163
　　行)，在奧林匹克運動會，例有歌聲慶祝比賽勝利。現在底比斯的新
　　教徒們殺死了戴神的競爭者，等於取得了勝利，也就是完成了凱歌。
185 從神的觀點看，在這場人神之爭中，神和信徒們勝利了，該唱凱歌，
　　可是從彭休斯和他的家族來看，這結局是悲慘的。
186 「美好的競爭」、「競爭」出現多次，都代表彭休斯與戴神直接、間
　　接的衝突。例如：戴神送他上山時對他說：「一些適合於你的競爭正
　　等待著你。」(964行)。又例如，戴神對信徒說：「我送這個年輕人
　　到一次偉大的競賽。」(975行)。在此處，這競爭可說蓋棺論定，顯
　　示與神競爭者必敗。「美好」有讚美與諷刺的雙重意味。
187 彭休斯被他的母親和姨媽撕裂致死，她們「個個血手淋淋」。參見1136
　　等行。

退場（1165-1392）

　　本場分五個部分：一、亞格伊瘋癲回到宮前，她以為獵獲到
幼獅，希望得到讚美（1165-1215）。二、卡德穆斯帶著彭休斯
的屍體進場，並且恢復亞格伊的理智（1216-1300）。三、卡德
穆斯悼念彭休斯（1301-1329）。四、戴神顯靈出現，宣稱卡德
穆斯及亞格伊將受懲罰（1330-1367）。五、結局（1368-1392）。

歌隊	啊，我看到亞格伊，彭休斯的母親[188]，　　　　　1165
	眼睛滾動著[189]，匆匆趕向王宮。
	接受她來參加快樂之神[190]的勝利吧！
	（亞格伊上場，拿著彭休斯的頭）[191]
亞格伊	亞洲的信徒們！
歌隊	女人，為什麼叫我？

---

188 歌隊打斷歌舞，引起對新進人物的注意。
189 眼睛滾動著。突顯出亞格伊精神失常。
190 快樂之神。即戴神。
191 她精神失常，認不出是兒子的頭。

亞格伊	我們從山中帶回王宮
	一個新剪下的藤蔓[192]， 1170
	一個幸運的獵獲物。
歌隊	我看見了。我分享妳的快樂[193]。
亞格伊	我沒有用網，就把……這隻
	小獸擒來了。妳看吧[194]。 1175
歌隊	從野外哪裡[195]？
亞格伊	客賽潤山。
歌隊	客賽潤山嗎？
亞格伊	……殺死了它。
歌隊	誰動手的？
亞格伊	首先動手的特權是我的。
	教友們都稱我爲「受祝福的亞格伊」。 1180
歌隊	還有誰[196]？
亞格伊	卡德穆斯的……
歌隊	卡德穆斯的什麼？
亞格伊	女兒們，

---

192 藤蔓。此時亞格伊手中拿著彭休斯的頭，她在精神恍惚中，認為頭上
　　的長髮(參見1186行)就是「藤蔓」。在信徒的常春仗頂，應該纏有常
　　春藤的藤蔓(參見注26)。
193 原文不能確定。
194 原文脫字。
195 這句話之後，有幾句「短短行」(一行分由兩人來說)，而且字與詞一
　　再重複，這反映亞格伊的精神恍惚。
196 亞格伊的回答未完，歌隊就打斷她繼續發問，造成迫不及待的氣氛。

	在我以後、在我以後可以料理這頭野獸[197]，
	我們打獵的運氣很好。
	參加我們的饗宴吧[198]！
歌隊	什麼？可憐的人，我也參加？
亞格伊	這頭牛很幼小[199]，在它 1185
	柔髮覆蓋的頭殼下面，它的
	下巴正開始長鬍鬚。
歌隊	由它的頭髮看來，它像頭野生的野獸。
亞格伊	雷神，聰明的獵者，
	很聰明的讓信徒們 1190
	攻擊這野獸[200]。
歌隊	我們的主上不愧是獵人。
亞格伊	妳在讚美我嗎[201]？
歌隊	我在讚美。
亞格伊	很快的卡德穆斯的人……
歌隊	還有妳的兒子彭休斯……
亞格伊	也會讚美他的母親 1195
	捕獲到獅子之類的獵物。
歌隊	非常奇特的獵物[202]。

---

197 「在我以後」連續兩次，表示她以搶第一為榮。

198 在狩獵或犧牲儀式之後，往往繼續以大眾饗宴。

199 此處指這頭牛，但稍前、稍後她又認為它是獅子(1143、1196等行)，
　　前後矛盾，顯示其精神恍惚。

200 亞格伊迫不及待，希望獲得大家的讚美。

201 歌隊讚美戴神，但亞格伊以為她們在讚美她。

亞格伊	以非常奇特的方式。
歌隊	妳得意嗎？
亞格伊	我非常興奮。

這次打獵，讓我完成了很多大事：
很多大事[203]，有目共睹。

歌隊	可憐的女人哦，給公民展現妳	1200
	帶回的勝利的獵物吧。	

亞格伊	居住在這個有美麗城塔的底比斯城邦的	
	公民們，來看看這頭獵獲的野獸吧；	
	卡德穆斯的女兒們沒有使用網罟，	
	或是色撒利人有繫帶的標槍[204]，	1205
	我們依靠的只是如刃的白手。	
	從此以後，還有必要投擲標槍，	
	或者去取得鐵矛製造者無用的	
	武器嗎？我們只用空手	
	就能擒獲野獸，把它四肢分裂。	1210
	我的老父在哪裡？讓他來吧。	
	彭休斯我的兒子又在那裡？	
	讓他弄張堅固的梯子，在宮門	

202 歌隊此處顯然在盧與委蛇，但亞格伊不察，還以為歌隊在稱讚她，所以用了相同的「非常奇特的」。

203 很多大事——很多大事。希臘原文為megala megala。亞格伊這樣重複。因為她感到興奮和自豪。參見上面兩次的「在我以後」（注197）。

204 色撒利人以善使標槍聞名遐邇。「繫帶」能幫助標槍的投擲。

前面架起，以便他能在簷板上，
釘住這個我獵獲的獅子的頭[205]。 1215

（卡德穆斯進，數僕抬擔架隨，上有彭休斯分
裂的屍體[206]。）

卡德穆斯　　跟著我來，僕人們，把可憐的彭休斯的
殘軀搬進來。找尋它我經歷了千辛萬苦。
跟著我，把它帶到到王宮前面，
就是這裡。它的碎片，本來撒散在
客賽潤山谷四處，沒有兩片同在一起。 1220
原來，我和老泰瑞西亞斯離開了
跳舞的信徒們。回到城裡時，
就有人告訴我我女兒們的妄行，
於是我重回山上，去拾回
被信徒殺害的孩子。我在那裡 1225
發現歐脫娜伊，她為雅瑞斯塔斯
生下了阿柯塌溫。和她在一起的
還有伊娜。可憐的她們仍然留在
橡樹叢中，神志昏迷。但有人告訴我，
亞格伊用信徒的健步返回這裡。 1230
我所聽到的顯然不假，

---

205 獵人習慣把自己得意的獵獲物懸掛展示。
206 卡德穆斯進場，他已經失去他最初上山時的旺盛精力。

我看見她了[207]，不是受到神佑的樣子。

亞格伊　父親，您可以作最大的誇口：

在世人之中，您生育了最傑出的

一群女兒。我指的是她們全體，　　　　　1235

但特別是我，我把梭子丟到織布機旁，

從事更重要的事情，那就是用手

捕捉野獸。您看，我手臂中拿著

我英勇所獲的獎品，以便它能掛在

您的王宮。父親，用手接過去吧！　　　　1240

爲我的狩獵歡欣，邀請您的

朋友們來聚餐吧。您得到了神佑，

神佑才使我們做出了這樣的事情。

卡德穆斯　（無法度量、不能看見的憂傷啊，

妳那雙可憐的手犯下了屠殺[208]。）　　　1245

妳爲神打到了一個輝煌的祭品，

又要邀請底比斯和我在此共餐！

悲痛啊！先是妳的，再是我的。雷神，

這位尊神，毀滅了我們固然正義，但

未免過於嚴厲，因爲祂出生在這個家族[209]。　1250

亞格伊　人上了年紀，脾氣就會變壞，

---

207 卡德穆斯帶回彭休斯屍體，亞格伊恢復理性。

208 卡德穆斯這時才看見亞格伊，情形與彭休斯第一次出場，講了後多話
　　以後才突然看見場上有人一樣，這是希臘劇場的成規之一。

209 卡德穆斯認為，戴神的母親既是底比斯的公主，打擊時應該手下留情。

愛瞪眼怒視[210]。希望我的兒子

在和底比斯的青年一同去追逐

野獸時是個好的獵人，像他母親

一樣。但是他只管與神抗爭[211]。 1255

父親，您一定要罵罵他。

誰去把他叫到我的眼前來，

讓他看看受到神佑的我[212]。

卡德穆斯　　哎，哎！你若認識到妳的所作所爲，

將遭受到可怕的痛苦。但妳若能 1260

終身維持這個現狀，妳雖然不算

幸運，但不會自以爲不幸運。

亞格伊　　　這些事情有什麼不好？有什麼痛苦？

卡德穆斯　　首先，把妳的眼睛朝天上看。[213]

亞格伊　　　好吧，你爲什麼要我看那裡？ 1265

卡德穆斯　　對你來說，是一樣呢，或是有些變化？

亞格伊　　　它比以前光亮，也更加透明。

卡德穆斯　　妳的內心還在那樣跳動嗎？

---

210 卡德穆斯滿懷悲痛，沒有像亞格伊預期的那樣，讚美她。於是她怪老
　　父脾氣變壞了。

211 與神抗爭。亞格伊希望兒子能去打獵，可是他只顧與神抗爭。參見45
　　行。

212 亞格伊想成兒子的榜樣。

213 朝天上看。卡德穆斯讓她注意到外在的世界(天空是個既遙遠，又熟
　　悉的目標)以便她能脫離迷幻、恢復理智。在前面，戴神曾誘導彭休
　　斯「改變了心意」(944行)，使他失去理智，這裡反其道而行。

亞格伊	我不懂您在說什麼；但我似乎恢復	
	理智了，是和以前有些改變[214]。	1270
卡德穆斯	那麼妳肯先聽我說，再清楚的回答我嗎？	
亞格伊	好的，父親，但我忘記了我們剛才說過什麼。	
卡德穆斯	妳結婚時，去的是哪個人家[215]？	
亞格伊	您把我嫁給了阿持溫，人們說他是龍種。	
卡德穆斯	妳為丈夫在他家族所生的兒子是誰？	1275
亞格伊	彭休斯，我和他父親的結晶。	
卡德穆斯	那麼，妳手臂中拿的是誰的臉[216]？	
亞格伊	一個獅子的——至少那些女獵人都這樣說。	
卡德穆斯	現在仔細看看，只要好好看一下就夠[217]。	
亞格伊	哎！哎！這是什麼？我手中拿的是什麼？	1280
卡德穆斯	仔細瞧瞧它，弄得更清楚明白。	
亞格伊	我，可憐啊！看到最大的悲痛。	

---

214 當一個人承認他不明白對方時，他一定在用理智想了解對方，只是「不明白」而已。配合她正在改變的心態，這裡中斷了一人一行式的對話，成為兩行。這裡比較有時間讓她在語言方面放慢節奏，在行動上顯出遲疑不決的困惑。

215 在使女兒心態逐漸正常後，老父開始第二個問題：她的婚姻。失去理智的人，往往連帶有遺忘症(amnesia)，恢復記憶的方法之一，就是向患者提出他熟悉的東西。卡德穆斯採用的方法，合乎現代精神治療的原則。

216 這樣問，表示亞格伊要先看了臉上的眼睛、鼻子等等以後，才能認出人，才能回答；若是問誰的「頭」則比較籠統，而且她早已說過是獅子的頭。

217 亞格伊果然給了先入為主的答案，但她推說是別人說的，如是卡德穆斯趁機進逼，叫她好好看看。

卡德穆斯	它看起來不像是頭獅子吧?
亞格伊	不,好可憐,我拿著的是彭休斯的頭。
卡德穆斯	是的,妳認出以前,我早已為他哀痛。 1285
亞格伊	誰殺死了他? 他怎麼在我的手裡?
卡德穆斯	殘忍的真相,妳來得多麼不是時候[218]!
亞格伊	說吧,為將要來臨的事,我的心在猛跳。
卡德穆斯	殺死他的是妳,還有妳的姊姊們。
亞格伊	他在哪裡死的? 在家裡,或是別處? 1290
卡德穆斯	在過去獵犬撕裂阿柯塌溫[219]的地方。
亞格伊	他為什麼要去客賽潤山? 不幸的人?
卡德穆斯	他去那裡是為了嘲笑神和妳們的狂歡。
亞格伊	在那裡我們是什麼樣子?
卡德穆斯	妳們瘋了,整個城市都在密教的顛狂之中[220]。 1295
亞格伊	戴歐尼色斯毀了我們,現在我明白了。
卡德穆斯	是妳先冒犯祂的,因為妳們不承認祂是神。
亞格伊	我兒子最親愛的身體在哪裡,父親?
卡德穆斯	我帶來了,是經過很多困難才蒐集到的。
亞格伊	它的各部分是否都體面的連接在一起[221]? 1300
	……[222]

---

218 「真相」被擬人化。

219 阿柯塌溫。卡德穆斯的另一個孫子,參見337-341行。

220 這句話不完全符合事實(參見195-196行),但可能使亞格伊比較能夠忍受。

221 此行之後有佚文,可能三、兩行。

222 哀悼彭休斯。

亞格伊	我哪部分的愚昧牽連到彭休斯？
卡德穆斯	他表現得像妳一樣：不尊敬神[223]。所以祂

把所有的都連在一起，把妳和這個人

一次毀滅，爲了毀滅了這個家族，

連我也在內。我沒有男性後裔，卻又看到　　　　　　1305

妳的兒子，啊，可憐的女人啊，

在最可恥、最惡劣的方式中死去。

透過他，這個家族曾開始重見[224]曙光。

啊，孩子，我女兒的兒子，是你支撐著

我的家族。你威懾整個城邦，沒有人　　　　　　　1310

看到你以後，還敢侮慢我這個老朽，

因爲你會給他們應得的懲罰。

現在我卻會失去尊榮，遭受流放，

我，偉大的卡德穆斯，曾經散播過

底比斯城的種子，有過最光榮的收穫。　　　　　　1315

---

223 這類似祭禮中正式的悼詞，它以彭休斯「不尊敬神」開始，以「相信
神吧」結束，在情節上具有承上(彭休斯的死)起下(戴神出現)的功能。
悼詞的主要內容，在強調是他的家族的唯一男性後裔，也就是家族的
唯一支撐。一如他的長大曾使家族重見曙光，他的死將會導致家族的
衰敗。
悼詞中提到彭休斯「威懾整個城邦」，印證了他是暴君的形象，但其
中更多的文字追憶他對祖父的孝敬，具體而親切動人。整體來看，這
篇悼詞是平衡的、自制的，它能爲死者贏得同情。

224 古希臘人認爲男孩是家庭的眼睛，「重見」因此更加妥貼而且意義深
厚。

　　　　　啊！最親愛的人（雖然你已經走了，但我

　　　　　仍然把你算在最親愛的人之內，孩子[225]！）

　　　　　孩子，你再也不會用手輕撫我的下頰，

　　　　　擁抱著我，一邊叫著「外祖父」，問道：

　　　　　「誰對不起您，誰輕視您，老人家？　　　　　　1320

　　　　　誰敢給您麻煩，惹您不快？告訴我，

　　　　　祖父，我會懲罰他的。」但是現在，

　　　　　我的心碎了，你完結了，你的母親

　　　　　好可憐．你的親人也都淒悽慘慘。

　　　　　若是有任何人還輕視神，讓他　　　　　　　　1325

　　　　　仔細看看這個人的死，相信神吧[226]。

歌隊　　　卡德穆斯，你的命運令我憐憫，但你

　　　　　外孫的死固然令你難過，卻是罪有應得。

亞格伊　　啊，父親，您看我的命運有了好多的變化

　　　　　……[227]

戴歐尼色斯　卡德穆斯，你將會改變，成為一條蛇，　　　1330

　　　　　你的妻子，哈模妮阿，也會變得野蠻，

　　　　　成為一條蛇[228]。她是戰神阿瑞斯的

　　　　　女兒，你身為凡人卻娶了她。

---

225 疑為衍文。

226 從彭休斯的死亡中，卡德穆斯認識到神的存在，相信神。在最初，他
　　的態度是「寧可信其有，不可信其無」：他勸大家即使戴神不是真神，
　　「也要當祂是真的」（334行）。

227 此處有佚文，哀悼彭休斯。

228 此處有佚文，估計至少原本一頁，約50行。

如同宙斯神諭宣告的，

你將和你的妻子架著一輛牛車，

率領大群蠻族軍隊，摧毀很多　　　　　　　1335

城市。但是在他們洗劫了阿波羅的

神殿之後，他們將有一個淒慘的歸程。

但阿瑞斯將拯救你和哈模妮阿，

讓你兩生活在受神福佑的地方[229]。

我，戴歐尼色斯，說出這些事情，是以　　　1340

宙斯之子、而非凡人所生的身分。

你們當時若是明白道理，沒有拒絕

與宙斯之子結成盟友，現在應該非常快樂[230]。

卡德穆斯　　　戴歐尼色斯，我們懇求您！我們對不起您。

戴歐尼色斯　　你們了解我們太遲了[231]。

　　　　　　　　在應該知道的時候，你們沒有。　　　　　1345

卡德穆斯　　　我們現在知道了，但您對付我們非常過分。

戴歐尼色斯　　不錯，因為我，一位神，受到了你們的侮辱。

卡德穆斯　　　神不應該像凡人一樣憤怒[232]。

---

229 此行佚文之後，戴神出現(顯靈，epiphany)祂可能在宮廷的屋頂上，
　　也可能由機器懸掛掉在空中，是所謂的「機器神」(deus ex machina，
　　God from the machine)。在佚文處，戴神可能正式宣告成立祂的宗教。

230 「快樂」指的是入教以後，信徒所享受的那種幸福。參見73-78行及
　　902-901，1172，1232，2345等行。

231 明白太遲，是希臘悲劇常見的感嘆。

232 卡德穆斯認為神應該寬恕、仁愛。這是比較接近人道、基督教，或當

戴歐尼色斯	我父宙斯早就允許這些事情[233]。
亞格伊	啊！老人家，悲慘的放逐已成定局。 1350
戴歐尼色斯	既然無法避免，爲什麼還要拖延呢[234]？
	（祂可能此時就出場）
卡德穆斯	孩子！我們大家都遭受到可怕的痛苦[235]:
	不幸的妳和妳的親人，還有不幸的我。
	我，一個老人，還要到外國人中間去，
	做一個陌生人居留；天命還註定 1355
	我要率領一群雜湊的蠻軍攻打希臘。
	然後我和妻子哈模妮阿，阿瑞斯的女兒——
	在她變成一條蠻蛇，我也是一條之後，
	還必須領先，破壞希臘的神壇和墳墓[236]！
	啊！可憐的我將永遠不能脫離痛苦， 1360
	甚至在渡過向下奔流的
	冥河以後，我也得不到安息[237]。
亞格伊	啊，父親，我將受到流放，與您分離。
卡德穆斯	可憐的孩子，爲什麼像隻小天鵝[238]，

代對神的觀念。

233 宙斯早就允許。戴神說的是古代希臘對神的觀念。神是宇宙間的一個
　　原則、一種力量，祂的最高代表是宙斯。人應該了解它、適應它、順
　　從它；若是觸犯或違背它，立刻就有大災大難。參見導讀。

234 戴神可能在這行之後就出場，現存原文沒有特別說明。

235 整個王室成員都遭到打擊，王室全毀。

236 這些行重複戴神預告(1330-1339行)，疑爲後人企圖改寫時所留。

237 冥河向下奔流以後，即進入陰府，卡德穆斯自認在那裡「得不到安息」，
　　與戴神的預告相反，參見1339行注。

	還摟住白髮蒼老的我？	1365
亞格伊	我被趕出了父母之邦，將輾轉到哪裡？	
卡德穆斯	我不知道，孩子。妳的父親幫助有限。	
亞格伊	再見了，宮殿！再見了，我父親的城邦。	
	在痛苦中我離開你——我的新婚之房[239]，	
	成爲流浪女。	1370
卡德穆斯	孩子，去吧，到雅瑞斯塔斯[240]的家（找庇護吧）。	
亞格伊	父親，我爲您悲傷。	
卡德穆斯	我對妳也一樣，孩子。	
	我也爲妳的姊妹們哭泣。	
亞格伊	多麼殘暴啊！	
	主上戴歐尼色斯，	1375
	給您的家族[241]帶來的痛苦。	
卡德穆斯	祂從我們所遭受到的也很殘暴，祂的	
	名字在底比斯沒有受到尊敬和獻禮。	
亞格伊	父親，珍重！	
卡德穆斯	珍重，不幸的孩子，	
	難爲妳還能說得出來。	1380

---

238 小天鵝。天鵝是孝順的象徵。在希臘文學中，天鵝常為逝去的親屬悲傷。

239 新婚之房。她想起她曾是這裡的新娘，與她現在成為流浪女形成對照。

240 雅瑞斯塔斯。歐脫娜伊丈夫，也就是亞格伊的姊夫。參見1226行。（找庇護吧）。此行不完整，括弧中文字係循意補充。

241 你的家族。亞格伊再次抱怨戴神的殘暴，但也再次反映出受影響的只限於王室。

（進入宮內，數僕從隨，手攜卡德穆斯之頭）

亞格伊　　　朋友們[242]，領我去找我的姊妹們，

那些我傷心的流亡侶伴。

讓我能去到一個地方，那裡：

污染過的客賽潤山將看不到我，

我也將不再看到客賽潤山，

或者任何常春仗來喚起往事，　　　　　　　1385

那些，讓別的信徒[243]去關心吧！

（出場，數僕從隨）

歌隊　　　　神聖的事情有很多形式，

神所作的事情很多出人意料，

我們期待的祂們不允許發生，　　　　　　　1390

我們夢想不到的祂們卻促成。

這件事情的進行就是如此[244]。

（出場，全劇終）

---

242 朋友們。應為底比斯的婦女，不是外地來的歌隊。我的姊妹們。這意
　　味劇中與王室有關的人員都將流亡。

243 別的信徒。劇中沒有特別指明。可能是隨她去山上的底比斯一般婦女。
　　另外，值得注意的是，劇中三個底比斯的平民都相信戴神。他們是衛
　　兵（449行）信使（769-770行）及第二信使（1149-1150行）。

244 歌隊的唱詞，可能是後代演員所加。相同（或改動一、二字）的唱詞出
　　現在其它四個劇本之中，都是老生常談，都與劇情無密切關係。有學
　　者推斷，原作中歌隊可能悄然離去，但後代演出時加上此節，雖是俗
　　套，但可能增加舞台「聲勢」。

參考書目

希臘文書目

E.R. Dodds, *Euripides: Bacchae* （2nd ed. New York: Oxford UP, 1960）.

Seaford, Richard, ed. *Euripides: Bacchae* （rep. Warminster: Aris &Philips Ltd, 1997）.

中文書目

羅念生譯，《古希臘悲劇經典》（北京：作家出版社，1998）。

范明生著，《晚期希臘哲學與基督教神學》（上海：人人出版社，1993）。

英文書目

Burnett, Anne Pippin, "Pentheus and Dionysus: Host and Guest", *Classical Philology 65*: 15-29.

Diller, Hans, "Euripides' Final Phase: The Bacchae" in *Oxford Readings in Greek Tragedy*, ed. Erich Segal. (Oxford: Oxford UP, 1982).

Dunn, Francis, *Tragedy's End: Closure and Innovation in Euripidean Drama* (New York: Oxford UP, 1996).

Foley, Helene P, *Ritual Irony: Poetry and Sacrifice in Euripides* (Ithaca: Cornell UP, 1985).

Frazer, J., *The Golden Bough, Part 5, The Spirits of the Corn and the Wild* (3rd ed., London: 1912).

Girard, Rene. *Violence and the Sacred,* trans. Patrick Gregory (London: Johns Hopkins UP, 1977).

Goldhill, Simon, *Reading Greek Tragedy* (Cambridge: Cambridge UP, 1986).

Grube, G.M.A, "Dionysus in the Bacchae." *T.A.P.A.* 55:37-54.

————, *The Drama of Euripides* (London: Methuen, 1941).

Heath, Malcolm, *The Poetics of Greek Tragedy* (Stanford: Stanford UP, 1987).

Henrichs, Albert, "'He Has a God in Him': Human and Divine in the Modern Perspectives of Dionysus", in *Masks of Dionysus*, ed. by Thomas Carpenter and Christopher Faraone (London: Cornell UP, 1993).

Hu, Daniel, *Death of a Tyrant: Interpretations of Euripides' Bacchae* (Senior Thesis. Reed College Library, 1994).

Lattimore, Richmond, *The Poetry of Greek Tragedy* (Baltimore: Johns Hopkins UP, 1958).

Lefkowitz, Mary. "'Impiety' and 'Atheism' in Euripides 'Drama'", (Classical Quarterly 69: 71-82).

Obbink, Dirk, "Dionysus Poured Out: Ancient and Modern Theories of Sacrifice and Cultural Formation", in *Masks of Dionysus*, ed. by Thomas Carpenter and Christopher Faraone (London: Cornell UP, 1993).

Oranje, Hans, *Euripides' Bacchae: The Play and Its Audience* (Netherlands: Leiden Brill, 1984).

Segal, Charles, *Dionysiac Poetics and Euripides' Bacchae* (Expanded edition. Princeton: Princeton UP, 1997).

Taplin, Oliver, *Greek Tragedy in Action* (London: Oxford UP, 1978).

Vernant, Jean-Pierre, *Myth and Tragedy in Ancient Greece,* trans. Janet Lloyd (New York: Zone Books, 1988).

Verral, A.W., *The Bacchants of Euripides* (Cambridge: Cambridge UP, 1910).

聯經經典

戴神的女信徒

2003年6月初版　　　　　　　　　　　　　　　定價：新臺幣160元
有著作權・翻印必究
Printed in Taiwan.

著　　　者	Euripides	
譯　　　注	胡　耀　恆	
	胡　宗　文	
發 行 人	劉　國　瑞	

出 版 者	聯 經 出 版 事 業 股 份 有 限 公 司	責任編輯	邱　靖　絨
台 北 市	忠 孝 東 路 四 段 5 5 5 號	校　　對	李　振　剛
台 北 發 行 所 地 址：台北縣汐止市大同路一段367號		封面設計	沈　志　豪

台 北 發 行 所 地 址：台北縣汐止市大同路一段367號
　　　　　　電話：(0 2) 2 6 4 1 8 6 6 1
台 北 忠 孝 門 市 地 址：台北市忠孝東路四段561號1-2樓
　　　　　　電話：(0 2) 2 7 6 8 3 7 0 8
台 北 新 生 門 市 地 址：台北市新生南路三段94號
　　　　　　電話：(0 2) 2 3 6 2 0 3 0 8
台 中 門 市 地 址：台 中 市 健 行 路 3 2 1 號
台 中 分 公 司 電 話：(0 4) 2 2 3 1 2 0 2 3
高 雄 辦 事 處 地 址：高 雄 市 成 功 一 路 3 6 3 號 B 1
　　　　　　電話：(0 7) 2 4 1 2 8 0 2
郵 政 劃 撥 帳 戶 第 0 1 0 0 5 5 9 - 3 號
郵　撥　電　話：2 6 4 1 8 6 6 2
印 刷 者 雷 射 彩 色 印 刷 公 司

行政院新聞局出版事業登記證局版臺業字第0130號

國家圖書館出版品預行編目資料

戴神的女信徒 / Euripides 著 .
胡耀恆、胡宗文譯注 . --初版 .
--臺北市：聯經，2003 年（民 92）
136 面；14.8×21 公分 .（聯經經典）
參考書目：3 面
譯自：The Bacchae
ISBN 957-08-2594-4(平裝)

883.555   92009077

翁托南·阿鐸（Antonin Artaud）◎著
劉俐◎譯注

劇場及其複象
Le Théâtre et son Double
阿鐸戲劇文集

本書蒐集了阿鐸1931至1937年間發表有關劇場的論述、宣言及書信。它不是系統性的理論著述，也不是一本劇場教戰手冊，而是一個生命宣言，一個投向西方傳統文化的挑戰書。

阿鐸反對以模仿與再現為目的的寫實劇場，主張找回原始儀式和神話的生命力；他破除語言的獨霸，提倡一種直接敲打感官的舞台語言；他追求巫術、超感世界，撼動了西方理性和人本傳統。本書中所揭櫫的劇場觀，啟發了無數當代最傑出的劇場工作者，是當代劇場重要文獻。

翁托南·阿鐸

（1896-1948），當代劇場先知，也是詩人、畫家、全方位的劇場人。終生被精神病症糾纏，一生創作不輟，作品包括詩、書信和劇場論文。他對劇場本質的深刻思考，影響了五十年來的劇場走向；他瘂攣的文體、聳動的類比、對純度的嚴峻要求和對神秘主義的嚮往，使他成為法國文學史上廣受推崇，卻不被了解的一則傳奇。

譯者

劉俐，東海大學外文系畢業、巴黎第七大學博士、巴黎第三大學影劇學院研究。現任淡江大學法文系副教授。譯有《電影美學》、《趙無極自畫像》、《攝影大師對話錄》等。

聯經經典

出版日期：2003年1月
作者：翁托南·阿鐸
價格：250元
ISBN：957-08-2546-4
類別：戲劇—論文、講詞
【國科會經典譯注計畫】
規格：25開橫排204頁
　　　21×14.8cm

湯馬斯‧摩爾（Thomas More）◎著，
宋美璍◎譯注

烏托邦
Utopia

摩爾以柏拉圖的《理想國》為雛形，取其小國寡民、階級分工和公有財產的理念，在《烏托邦》中構築一個非基督教的、共產的城邦國，以理性為治國的上綱原則。除了哲學與政治學的思辯，《烏托邦》亦藉文學性的虛構，將抽象的理念納入當時盛行的旅行文學的敘事框架中。

摩爾筆下的烏托邦強調教育，用以培養公民道德，以今天的說法就是利用國家機器來鞏固群體意識，這正是傅柯等人所要顛覆的權力宰制。因此烏托邦揭櫫的理想對二十一世紀的多元讀者有何啟示，必然是一則弔詭的習題。

湯瑪斯‧摩爾

　　1478年生，1535年被國君亨利八世下令處死，近60年的人生學仕兩順，不僅是傑出的律師、也是當時英國人文主義學者的領袖。他曾多次出任公職，官拜宰相，但因拒絕承認亨利八世為「教會之至尊」而去宰相職，遭囚禁於倫敦塔，終以身殉教。1935年受羅馬天主教會尊為聖徒。摩爾著作多以拉丁文寫成，尤以《烏托邦》一書傳世。

譯者

　　宋美璍，台灣大學外文系學士、碩士，美國布朗大學英美文學博士，主修十八世紀英國文學。曾任臺灣大學外文系教授兼系主任，現任淡江大學英文系教授。

聯經經典

出版日期：2003年2月
作者：湯馬斯‧摩爾
價格：200元
ISBN：957-08-2545-6
類別：烏托邦社會主義【國科會經典譯注計畫】
規格：25開橫排256頁
　　　21×14.8cm

馬里伏(Pierre Carlet de Marivaux)◎著
林志芸◎譯注

馬里伏劇作精選

〈雙重背叛〉及〈愛情與偶然狂想曲〉

十八世紀法國戲劇極盛一時,更是喜劇的黃金時代。馬里伏正是此時期最著名的劇作家,作品深受義大利喜劇影響,然而他並非一味抄襲義式喜劇,除了截長補短、成功將之法國化之外,更大膽地擺脫古典喜劇的傳統,開創了空前絕後的法式愛情喜劇。〈雙重背叛〉與〈愛情與偶然狂想曲〉是法國古典喜劇泰斗馬里伏最受歡迎、也是演出紀錄最多的作品,鮮活呈現出愛情扉頁的細膩與動人,直到今日依舊是法國大小劇院經年不可或缺的劇目……

馬里伏

1688-1763,法國18世紀著名的古典喜劇作家,作品經常收錄於法國各級學校文學課程中。他一生創作悲、喜劇共30餘齣,此外還有7部小說和無數篇散文。馬里伏堪稱為法國寫實小說的先驅,但他劇作家的身分,更廣為讀者所熟知,成為法蘭西劇院經年不可或缺的劇目。1743年,他擊敗對手伏爾泰,當選為法蘭西院士,畢生成就獲得當時文壇最高殊榮。

譯者

林志芸,1964年生,中央大學法文系畢業,巴黎索邦大學(Paris-Sorbonne)法國文學博士,現任中央大學法文系副教授。譯有《曼儂》、《屋頂上的騎兵》。

聯經經典

出版日期:2002年4月
價格:280元
ISBN:957-08-2396-8
類別:劇作【國科會經典譯注計畫】
規格:25開橫排280頁
　　　21×14.8cm

聯經出版公司信用卡訂購單

信用卡別： □VISA CARD □MASTER CARD □聯合信用卡
訂購人姓名： _____
訂購日期： _____年_____月_____日
信用卡號： _____ _____ _____ _____
信用卡簽名： _____(與信用卡上簽名同)
信用卡有效期限： _____年_____月止
聯絡電話： 日(O)_____夜(H)_____
聯絡地址： □□□_____
訂購金額： 新台幣_____元整
（訂購金額 500 元以下，請加付掛號郵資 50 元）

發票： □二聯式 □三聯式
發票抬頭： _____
統一編號： _____
發票地址： _____
如收件人或收件地址不同時，請填：
收件人姓名： □先生
_____ □小姐
聯絡電話： 日(O)_____夜(H)_____
收貨地址： _____

・ 茲訂購下列書種・帳款由本人信用卡帳戶支付 ・

書名	數量	單價	合計
		總計	

訂購辦法填妥後
直接傳真 FAX：(02)8692-1268 或(02)2648-7859
洽詢專線：(02)26418662 或(02)26422629 轉 241